TAKE
SHOBO

天敵の美貌宰相と強制密着!?

不本意なのに溺愛されています

ちろりん

Illustration
旭炬

JN138495

Mitsuneko

contents

イラスト／旭炬

天敵の美貌宰相と強制密着!?
不本意なのに溺愛されています

序章

「この魔道具は、マンネリ化した恋人や夫婦のために性的なことに使うのを目的として作られたものらしい。ふたりを強制的に離れられなくして、愛を育むというものだね」

目の前の麗しい人は、眼鏡の奥の目を細めながらどこか楽しそうに言う。

リズは彼を見つめながら、「嘘《うそ》でしょう?」と小さく呟《つぶや》いた。

「だから、これを解くためには――俺たちが性交をする必要がある」

ジュリアスの腕に光る腕輪に視線を向け、混乱していた頭がさらに真っ白になった。

(宰相閣下と、私が……性交?)

――ありえない。

こんな何を考えているか分からない、一癖も二癖もある人と男女の仲になるなんて。

「さぁ、どうする? リズ」

迫られた選択肢に、リズは顔を真っ赤にしながら一歩下がろうとした……が、説明どおりこれ以上ジュリアスから離れられなかった。

第一章

「今日こそは草案を通す。いいか、お前たちぬかるなよ」

その掛け声にリズはゴクリと息を呑《の》む。

周りの人間も同様に緊張を走らせ、書類を持つ手に力を込めていた。

「はい！」

息が揃《そろ》った返事をすると、上司であるヒューゴがにやりと口元に笑みを浮かべ大きく頷《うなず》く。

それを見て、リズはよりいっそう心の中で気合いを入れた。

（ジュリアス・レントリヒを絶対に頷かせてみせる！）


ここシュミディア王国の国王は長年病に臥《ふ》せっていた。

いつ潰《つい》えるかもしれない命を憂い、宰相に政治を一任している現状も芳《かんば》しくない。

なればと、この状況を変えるべく王位を王子に譲ることを決意したのだ。

より国益をもたらした策を考え、かつ王たる素質を持った者に王位を譲ると公言し、ふたりの王子を競わせることになった。

兄のエリーアス。そして、弟のヒューゴ。

彼らが半年間、その素質を示すべくしのぎを削っている。

草案を練り、それを議会に持っていき、議会を通過した草案を見てどうするか判断することになっている。

そこで、王子ふたりが、それぞれの政策担当官を文官から選出することになり、リズはそれに自ら立候補した。

リズは見事ヒューゴの政策担当官に採用され、彼の側近五人の中のひとりとして実力を発揮している最中だ。

彼の信条や理念にあった草案を打ち出し、それをまとめてヒューゴに提出する。

ヒューゴが採用するものを決めてさらに案を詰めて、議会に持ち込むのだが、その前に宰相に可否を尋ねなければならなかった。

先ほど気合いを入れていたのは、これから宰相に草案を提出し可否を問う場に向かうためだ。

ここですんなりと通ればいいのだが、これがなかなか難しい。

これまで散々落とされてきた。

だから、今回は何があっても議会に通してもらわなければと、ヒューゴを筆頭に側近の誰しもが前のめりで構えていた。

何せ半年前、王位継承争いが始まると同時に新しく就任した宰相というのが、とんでもない曲者《くせもの》なのだ。

——ジュリアス・レントリヒ。

レントリヒ公爵の嫡男で前宰相の息子である。

齢《よわい》二十五歳で一国の政局の中心を担うなどあり得ない。きっと父親が国王に働きかけたのだろう。どんな取り引きをしたのか。おそらく収賄に塗れた政治になるに違いないだろう。

いろんな人間が口々にジュリアスの宰相就任を批判していた。

それに反論するでもなく、顔を真っ赤にして怒ることもなく、ただ涼しい顔をしてその椅子に座っている。それだけで彼がどれほど肝が据わっている人物か分かるものだ。

リズも彼の人となりを知っているので、他人に何を言われようが意にも介さない人だと理解している。きっと羽虫が鳴いている程度にしか思っていないのだろう。

それだけ聞けばジュリアスという人物は傲慢で自信家に見える。いけ好かなさが先に出るような、そんな人に。

けれどもジュリアスはただそれだけの人ではない。

だからこそ草案を提出するたびに、皆緊張を走らせるのだ。

「こんにちは、ヒューゴ殿下。オールドリッチ君、ロジャー君、サリス君、バーデ君、——そしてリズ。さぁ、今日はどんな策を聞かせてくれるかな」

執務室の扉が開け放たれると、ジュリアスは待っていましたとばかりに笑顔を見せてきた。しかも王子であるヒューゴだけではなく、側近ひとりひとりの名前を口にして。

宰相なんて雲の上の人が自分の名前を憶《おぼ》えてくれていることに感動を覚えそうなものだが、実際皆の間に走るのは畏怖《いふ》と緊張だ。

誰ひとりの言葉も聞き逃さないと威圧をかけられているような気分になる。

「これが今回、我々が提出する草案だ」

眉間に皺《しわ》をつくったヒューゴがジュリアスの前に書類を置くと、彼は「楽しみだ」と眼鏡の奥の目を細めてそれに目を落とした。

「へぇ～……なるほど、この諸外国に対する輸入緩和案はオールドリッチ君が発案かな？　小麦の輸入を緩和して、不足している分を補おうというわけだ」

ここ数年、夏に大雨が続き我が国は徐々に食糧難に陥っている。

それを補うために農地工作の補助金を出したり、国有地の解放をしてきたが、それでは間に合わないであろうという調査結果のもと、打ち出した草案だった。

まずは小麦。限定的に緩和することで国内の農業の圧迫を防ぐ。

「残念だね。現状、小麦の余剰分を抱えているのはハン国だけだ。どこもやはり不足していてね。しかもハン国がそれを美味《おい》しいと思ったのか値段を倍以上に釣り上げた。さらにあちらは抱き合わせで買い取りを希望だ。武器も一緒に売りつけられるとなると、陛下もいい顔はしな

いだろう」

「な！　いつの間にそんな話が！」

「昨日、外務長官がハン国の使者と話し合いの場を設けていたが……教えてもらっていないようだね。まぁ、彼はエリーアス派だからかな？」

ヒューゴの顔が歪《ゆが》む。同時にリズも唇を噛《か》み締《し》めた。

「さて、次は……あぁ、これはヒューゴ殿下が考えた案みたいだね。へぇ……」

興味深そうに読みながら、ジュリアスは次から次へと却下していく。

その際、どの草案が誰の発案であるかを的確に指摘するのだから末恐ろしい。

ジュリアスは誰がどんな理想を抱いていて、どのような政策を打ち出してくるのか推測しているのだろうか。それとも、リズたちの反応を見て判断しているのか。

しかも、しっかりと納得できる理由を添えての却下なのでこちらも反論しようにも、論拠が弱くてなかなか歯が立たない。

結局、今回の草案もすべて却下された。

どうにか一致団結して戦ったが、ジュリアスは首を縦に振ってくれなかった。

一同意気消沈する中、ジュリアスの明るい声が響く。

「今回も残念だったね。君たちに足りないのは、やはり人脈と、それによって得られる情報だ。その問題をクリアしないことには、俺も許可を出せるものも出せないよ」

痛いところを突かれて、もう誰も言い返す気力もないようだった。

輸入緩和の一件も外務長官とハン国の話し合いを知っていたらこの草案は出さなかっただろうし、他の草案もそうだ。

「それを解消するのは、ヒューゴ殿下、貴方《あなた》の務めだ。上司が無能で人望もないとなると、部下たちも困ってしまうよ」

「……くっ」

一瞬でヒリついた空気になり、リズは心の中でハラハラする。

「もちろん、貴方がそんな人間じゃないと俺は信じているよ。そうだろう？　それをこれから証明してくれると期待しているのだけれども？」

違う？　とにこやかな顔でジュリアスは伺ってくる。もちろんそのつもりでしょう？　と圧をかけるように。「それだけ期待しているんだよ」と言葉も添えて。

まったく敵意を見せない相手に、ヒューゴもこれ以上あれこれと言うつもりはないのだろう。

「そういうことにしてやる」

フンと鼻で笑い引き下がった。

圧倒的な人脈と情報。

エリーアスと競うにはヒューゴにはこれが欠けていた。

今から三十年前、王妃が子どもを産めない身体だと判明し、側妃を迎えることにした。

リズが生まれる前の話だったので詳しくは分からないが、臣下も巻き込み王と王妃は散々もめたらしい。

最後は丸く収まったおかげか、今はそんなことを微塵《みじん》も思わせないほどに王と王妃の仲は良好だ。床に臥せる王を、王妃が甲斐甲斐《かいがい》しく看病していると聞いたことがある。

ともあれ、当時王は側妃を三人迎えたのだが、そのうちふたりがそれぞれ男児を身籠もる。

エリーアスの母親は、有力貴族の令嬢だった。

若くて美しく、自信あふれる彼女は典型的な高飛車な女性。実家の権力を振りかざし、自分の息子こそ次代の王になり、自分は国母になるのだと信じて疑わない。

対してヒューゴの母親は慎《つつ》ましい人だ。

夫と息子もいたが事故で亡くした過去を持つ、貴族の娘。

経産婦ということで側妃として城に召し上げられることになった。

もともと素朴な性格で、役目を理解し、それを全うする真面目な女性。

実際、ヒューゴもその性格を受け継いでいるように見える。

そんな正反対のふたりの母親のそりが合うはずもなく、当然のように仲が険悪になる。と言っても、エリーアスの母親が一方的にライバル視して攻撃してきていたのだが。

ふたりの王子も同様に仲が悪く、いがみ合う日々だった。

どちらが王に選ばれるのか、当人たちも周りの人間もそれをずっと意識していただろう。

そんなときに王が打ち出した、王位継承者選定の話。

当然、母親の実家が有力貴族であるエリーアスが圧倒的に有利だ。

外祖父や母親が他の貴族に圧力をかけ、エリーアスを支持するようにと求め、皆それに従っている。

外務長官もそのひとり。

彼だけではなく、あらゆる有力貴族がエリーアスの支持を表明していた。

一方、ヒューゴはすでに母親を亡くし、母方の実家も頼れずたったひとりで戦うしかない状況にあった。

彼の人柄に皆親しみを覚えるが、地位や金、人脈がものを言う貴族社会では立場が弱い。

そんな状況だ。いざ政策を打ち立てる部下を集めようとなったとき、情勢を見極めた文官たちがどちらの側近になりたいかと望むか、火を見るより明らかだった。

職歴も長く、優秀な人材はエリーアスがすべて掻《か》っ攫《さら》っていった。

今、彼を取り囲んでいるのは精鋭部隊だ。

一方、ヒューゴは散々狩りつくされた人材の中から選ぶ羽目になったわけだ。

だが、おかげで女だからと敬遠されがちだったリズも採用してもらえた。同僚のスザンナ・バーテも同様だろう。

他のメンバーも若輩が多く、経験もコネも少ない。

そうなると、エリーアスと闘う戦力としてはいささか物足りないところもあるだろう。

しかも、エリーアスに忖度《そんたく》した文官たちが他部署の重要な情報をこちらに回そうとしない。

それどころか、むしろ邪魔をしてくるようになった。

この不利な状況をどうにかできるのは、ヒューゴ自身だとジュリアスはわざわざ指摘してくる。

ヒューゴもそれを痛いほど分かっているから、いつも口惜しい思いをしてしまうのだろう。

リズたちもそうだ。

こんな逆境に負けずに立ち向かう彼を手助けするべく頑張っているのだが、力が及ばない。

そんなヒューゴたちにジュリアスは挑発的な言葉で発破をかけてくれている……と思いたい。

できれば優しい言葉で応援してもらいたいものだが。

(うぅ～……やっぱり宰相閣下、苦手だわ……)

ヒューゴに対して敢《あ》えてああいった言葉を選ぶところとか、あそこまで他人を分析できる観察眼を持っているところとか、何を考えているか分からず、次に飛び出してくる言葉がどんなものか予測不能なところとか、苦手な部分を上げたらきりがない。

理解が及ばない相手。

それがリズにとってのジュリアスだった。

「……申し訳ございません、ヒューゴ殿下。私の調査不足で……」

ジュリアスの執務室から出たあと、皆でヒューゴに頭を下げた。

エリーアスは次々に通って議会に持ち込んでいると言うのに、これまでヒューゴ側の草案が持ち込まれたのはたった三回。いずれも議会で却下されている。

半年間、成果という成果を上げられなかった。

ヒューゴも焦りを覚えているのは分かっていた。

「そう言うな。先ほどジュリアスも言っていたが、私の力が及ばないからお前たちの仕事にも影響が出ている。そんな中でも、お前たちはよく頑張ってくれているだろう」

それでも、ヒューゴは決して焦燥感や不安や怒りをリズたちにぶつけない。

お前たちはよくやってくれている、自分が悪いのだと言ってすべてを背負い込むのだ。

「さらにいいものを出せばいい。にっくきジュリアスの減らず口を閉じさせるようなものをな」

快活に笑うヒューゴを見て、やはりこの人を王にしたいと強く思う。

ヒューゴには感謝してもしたりないのだ。こんな国の未来を担う大勝負に参加させてもらえるなんて、文官を志したときには思ってもみなかった。

せいぜい一介の下っ端文官で終わっていただろう。

だからこそリズはこの仕事を誇りに思い、ヒューゴの側で働けることを光栄に思っていた。

（さて、気を取り直して頑張りましょう）

落ち込んでいた自分を叱咤《しった》して、仕事に向かう。

草案が却下されるたびに次こそはとめげずに前に進めるのだ。

「あっ！　……こ、これ、宰相閣下のところに持っていかなきゃいけない書類なんだけど……リズさん、持っていってくれる？」

「議会の議事録、宰相閣下のところからもらってきてくれないかなぁ……」

ところが、その決意の出鼻を挫《くじ》くように同僚から頼まれごとが飛んでくる。

一度は机に向かった顔を彼らの方に向けると、申し訳なさそうな様子で頭を下げながら書類を差し出してくる姿が見えた。

こういった雑用はリズの役目だ。

平民出身の人ばかりの中で、たったひとり貴族出身のリズが最初に気を遣われたくないからと自分から率先して雑用を引き受けるようにしている。

円滑に仕事を進めるには身分差から発生する遠慮というのは、実に無駄でしかない。

もちろん職場の外に出ればそれは重んじるが、ヒューゴの側近という立場は皆同じだと説き伏せ、遠慮を取り払ってくれるようにお願いをしている。

おかげで職場内の人間関係は良好だ。

だからこそ、ジュリアスのことは苦手ではあるが私情を捨てて、役目に徹しなければと椅子はい、と手の上に置かれた書類を抱え込み、はぁ……と溜息《ためいき》を吐くと、さっそくリズは立ち上がって部屋を出る。

「分かりました」

から立ち上がった。

「本当にごめんね！」

「頑張ってね！」

仲間の声援を背中に受けながら、リズは渋々ジュリアスのもとへと向かった。

（やっぱり、皆あの人の前で委縮してしまうのよね）

平民出身というのもあるのだろうが、ジュリアスは存在自体が特別なのだ。

貴族の子息女は十五歳から十八歳までの間、王立学園に在籍することが慣例になっている。

子爵家の次女であるリズも通っていたし、三年先輩であるジュリアスも同様に通っていた
在籍時期こそ被らなかったが、卒業後もその名を轟《とどろ》かせるほどに彼は優秀なことで有名だった。リズも何回もジュリアスの話を人づてに聞いたことがある。

一方で突飛さも有名で、授業にはほとんど顔を出さず、実習も先生の教えを受ける前に見本とばかりに軽くやってのけて早々に退出する。

そのくせ試験は満点なのだから、教師泣かせだっただろう。決して素行がいいとは言えない。

それでも皆が注目を置くのは、ジュリアスが公爵家の人間であると同時に人気があったから

だ。

あの見目麗しい顔を目にすれば、老若男女問わず心が奪われてしまう。

そう言っていたのはリズの学園時代の友人だった。

奪われても悔しさも後悔も全く起きない、完璧な美だと。

漆黒に塗れた長い髪に、同じく漆黒の瞳。知的さを助長する眼鏡に口元のホクロ。

目を瞠《みは》るほどの美形。

この情報だけでジュリアスを見つけられるくらい、彼は目立つ人だった。

遊び心があるのか髪型をよく変えていて、一本の三つ編みにしていたり、ポニーテールにしていたり、ハーフアップにしていたりと自分の髪でよく遊んでいた。

そのどれもが彼の美しさを損なうことがなく、際立たせるものだから末恐ろしい。

リズは、ジュリアスを見て完璧な美を持つ人間はどんな格好をしていても必ず様になるものだと学んだものだ。

美しいのは顔だけではなく身体もそうだ。

リズよりも頭ふたつ分高い身長に、その長躯《ちょうく》に見合う長い脚。男らしい厚い胸板。

特に背中から腰にかけてのラインが素晴らしい。

男性のどこの部分に魅力を感じるかと問われれば、そこだと即答するリズからすればジュリアス以上に理想のラインを持っている男性に会ったことがなかった。

どんな髪型でも似合うのだから、きっとあの体型ならばどんな服でも着こなせるだろう。彼の容姿についていくらでも語りつくせるのだが、さらにはその人柄についてもいろいろと語れることはある。

たしかに苦手ではあるが、ただ意地悪で面倒な人というだけではなかった。

学園は貴族社会を凝縮させたようなもので、身分の上下は学園内でも反映されていた。公爵家のジュリアスは立ち位置は最上位で、誰もがすり寄り媚《こ》びを売り、彼の側にいようと必死に食らい付いていた。それこそ他者を蹴落としてまで。

ところがジュリアスという男はそんな媚びへつらいに見向きもせず、徒党を組むこともなく、孤高を貫いていた。

かと言って冷たく人付き合いが嫌いな人間かと問われたら、まったくそうではない。むしろ得意な方だろう。

誰に対しても平等に接し、誰かを贔屓《ひいき》することは決してない。

挨拶をすれば笑顔で返し、知らない人にも動じることなく声をかける。分け隔てなく声をかける姿に、好感を持つ人は多かったはずだ。

それでもリズが彼を曲者と評するのは、笑顔で人を引き寄せるがその笑顔を逆に自分の中に入り込ませない壁に利用している気がするからだ。

だが、彼のミステリアスさは、人々を魅了する。

誰もジュリアスの特別になれないが、逆にそれがいいと思う人も少なくなかったはずだ。麗しの宰相閣下。親の七光りの縁が故の採用。血筋だけの能無し。彼を皆いろんな名前で呼ぶが、その本質に触れられる人はどのくらいいるのだろう。

リズもいまだに彼を測りかねている。

「……宰相閣下は留守ですか」

執務室をノックすると、側近のヘイデンが出てきてジュリアスはいないと教えてくれた。なら、預かった資料をヘイデンに渡して、議事録はあとで取りに来ることにしようかと考えていると、彼はコホンと喉を鳴らした。

どこか気恥ずかしそうにしている老年の彼は、声色を合わせるように「あー」と少し声を出す。

「『リズが俺を見つけてくれたら、書類も受け取るし議事録も渡してあげるよ。俺はいつものところにいるからおいで。期限は昼休憩が終わるまでだよ』と宰相閣下からの言伝《ことづて》をいただいております」

突然ヘイデンが顔に似つかわしくない声色を出したと思ったら、ジュリアスの言葉を伝えてきた。

しかもわざわざ探しに来いとのお達しだ。

「……もしかして、それって宰相閣下の真似《まね》ですか？　どうしてそんなことを……」

「閣下がご自分の真似をして伝えろと、私に命じました故」

思わず憐憫《れんびん》のまなざしでヘイデンを見つめてしまった。

目の前にいるのが、あの人に弄ばれた可哀想《かわいそう》な老人に見えてしまったのだ。

「分かりました。宰相閣下を探してきます」

「いってらっしゃいませ」

丁寧に頭を下げる側近に見送られながら、リズは足早に指定された場所に急いだ。

リズを揶揄《からか》っているのか、それとも遊んでいるのか、単なる気まぐれなのか。

ジュリアスはときおりリズのことをこうやって振り回す。

ふらりとどこかに消えて探させたり、かと思ったらどこからともなく現れてリズを驚かせてきたり、時にはどこかに行こうと誘ってきたりするときもある。

こんな調子でちゃんと仕事をしているのか、だから七光りの能無しと言われてしまうのではないか、まさかヘイデンに仕事を押し付けているのではないかと思っていたこともあった。

ところがヘイデンから聞いた話ではきっちりと仕事はこなしているようだ。

書類の処理能力が高く、さらに会話や進め方やまとめ方も上手だから短時間で会議も終わる。

頭ごなしに自分の意見を押し付けるのではなく、ちゃんと他者の意見を取り入れた上で決定をし、徹底的に無駄を省いていた。

そうやって作った時間で城の中をフラフラと歩いているらしい。

それでも周りから批判が噴出してこないのだから、本当に効率と要領がいいのだろう。

実際、彼への不満は貴族側から出てくるのがほとんどで、文官たちからは出てきていない。

そんな彼だから、ヘイデンも彼の自由奔放な行動を見逃しているのかもしれない。

「お望みどおりに来ましたよ、宰相閣下。早く、書類を受け取って議事録をください」

城の二階の奥、物置部屋の窓際。

ジュリアスが『いつものところ』と言うときはここを指し示すことが多い。

『リズだけに教えてあげる。俺の秘密の場所』と連れてこられたのはいつだったか。

忘れてしまうくらいに、ジュリアスのおかげでここに足を運ぶことが多くなった。

「君は俺がお願いすると、本当に探してくれるね。そういうところがリズのいいところだよね」

「……もしかして探さなくてもよかったのですか？」

「まさか。探してくれなかったら、俺が君のところに押しかけるよ」

「やめてください。職場が混乱します」

この人ならやりかねない。ずかずかと笑顔で職場に乗り込んでくるに違いない。

そのときの同僚たちの怯《おび》えた顔が想像できて忍びないので、きっとこれからも彼の遊びに付き合うしかないのだろう。

「こっちにおいで」

そんなため息交じりのリズを、ジュリアスが手招く。

仕方なしにそちらによると、彼は窓枠をポンポンと叩《たた》いてここに座るようにと指示してきた。

「私、忙しいのですが」

「昼休憩の時間だろう？」

そう返され、暗に急ぐ理由はないはずだと指摘されて、リズは黙って指定された場所に腰を下ろした。

「それで、今日は何から隠れているんです？」

ジュリアスがこの部屋にいる場合、たいてい何かから身を隠しているときが多い。

人目につかず、誰からも忘れ去られた物置部屋は格好の隠れ場所だ。

「王妃様。俺をお茶会に招いて、ご婦人方に引き合わせようと必死でね。その気はないと言っても、毎度誰かとの縁を結ぼうとしてくるんだ」

「宰相閣下はご令嬢の誰もが一度は望む結婚相手ですからね。王妃様も貴方が変な女性に掴《つか》まる前に、自分のお気に入りの令嬢と結婚させたいのでしょう」

王妃の気持ちも分かるというものだ。

ジュリアスの様子を見ていれば、結婚願望があるのかも曖昧だし、どんな女性が好みかも不明だ。

放っておけば、とんでもない相手を伴侶に選びそうな、そんな予測不能な面がある。

「ということは、君も一度はそう望んでくれたということ？」

「どういうことです？」

「だって、君も令嬢だろう？　令嬢なら誰しも俺との結婚を望むと言っていたから、当然君も望んでくれているのかと」

先ほどの言葉はたしかにそう受け取られても仕方がない。

だが、誤解があると首を横に振った。

「ないですね。私は恋愛結婚をすると決めていますので」

家の格や見た目はたしかに大事だ。

けれども、リズは昔から「恋愛」というものに憧れていた。

そしてその先にある結婚は、絶対に恋愛を経て決めていきたい。

それが貴族令嬢にとって夢物語のようなものだと知ったのは何歳の頃だっただろうか。

社交界で結婚相手を探す場合、恋愛などしている暇はないと母は教えてくれた。いかに格式高い家の子息と結婚できるかを競い合うようなものだと。

早い者勝ちが常識の世界では、とてもではないがそこまで段階を踏むことは難しいと。

恋愛なんかにこだわっていたら、一生相手が見つからずに終わるかもしれないという心配は親兄弟にされていたし、リズ自身も常に頭の中にある。

けれども、どこか諦めきれないのだ。そこだけは夢を見たいと思ってしまう。

それでもジュリアスに恋することはないだろう。

(この人にとって私はちょっとした玩具《おもちゃ》のようなものよね)

出会ってからというもの、彼がリズに構ってくるのは恋愛云々《うんぬん》ではなく単純に面白いからだけに尽きる。打てば鳴り響く鐘のようなものだろう。

だからこそ、苦手意識を持っているジュリアスを相手に結婚を考えるなんてありえない。一番候補に入れてはいけない男性だと重々心得ていた。

「なかなか可愛《かわい》らしいことを言うね。なるほど、恋愛結婚か。……ちなみにお相手は？　一緒に恋愛する候補はいる？」

「今は仕事が忙しくて、そんな相手が現れる気配は微塵もありません」

ため息交じりで言うと、何故《なぜ》かジュリアスはにこりと微笑《ほほえ》んで「そう」と言ってきた。

たった二文字の言葉に何か意味が含まれているような気がするのは、考え過ぎだろうか。

「恋愛ね。……ほら、そこにも恋愛をしている男女がいるよ、リズ」

ふとジュリアスが窓の下に目をやる。

つられてリズも下を覗《のぞ》き込むように視線を下げると、彼の言う通り抱き合っている男女がいた。

「……こんなところで」

呆《あき》れた声を出しながらも、ドキドキしながらついつい見入ってしまう。

「あそこは四方が壁に囲まれている死角だからね。いろんなことにおあつらえ向きだ。逢い引き然《しか》り、悪だくみ然り」

だからここにいるといろんなものが見られるんだよと、ジュリアスは口元に笑みを浮かべた。

「男の方は財務副長官だ。……女性の方はボリス侯爵夫人だね」

「え！　……ということは……」

「ご覧、リズ。あれが不倫現場だよ」

とんでもないものを見せられたと、リズは慌てて窓から離れてその場にしゃがみ込んだ。

ボリス侯爵と言えば大層な愛妻家。

一方夫人の方は移ろ気な人で、次から次へと愛人を作っていくことで有名だった。

それでも離婚しないのは、侯爵が夫人に惚《ほ》れ込んでいるからだ。

だから、夫人と別れるつもりはないが、毎度愛人を潰して彼女を取り戻そうとするのだとか。

「最近のボリス侯爵の財務省への当たりのキツさ……やっぱりか……」

ここに彼がいたのは王妃から逃げるためではあるが、一方でこれを目撃するためでもあるのだろう。

侯爵の態度に疑問を持ち、その理由を探っていたというところか。

「あぁ……キスまでしちゃって。もうふたりの愛は止められないって感じだね。ほら、リズも見てご覧よ」

そんな破廉恥な！　と心の中で叫びながらも好奇心は抑えられなかった。

人はどんなふうに恋愛するのか。憧れていても経験がないリズにとって、疚《やま》しいことだと思いつつも覗《のぞ》き込むことを止められない。

（……わ、わぁ……濃厚……）

上からしか見えないが、ふたりの顔がくっついて、男性の手が女性の背中や腰、お尻を弄《いじ》っているのが見える。

女性も縋《すが》るように男性の背中に手を回し、角度を変えつつも深くなっていくキスに応えていた。

その様子に思わず目が釘付《くぎづ》けになってしまい、頬《ほお》を染めながらドキドキする。

「興味津々だね」

夢中になっている中、ジュリアスの声が聞こえてきてハッと我に返る。

はしたない姿を見せてしまったと羞恥を覚えながら、熱くなった頬を手で冷やしていると、不意に彼がずいっとこちらに顔を寄せてきた。

皆が絶賛する美貌が目の前まで迫ってきて、びくりと肩を震わせる。

何ごとかと目を瞬かせていると、ジュリアスは目を細めて妖艶な笑みを浮かべてきた。

「興味があるなら、俺が教えてあげようか？　息継ぎも難しくなるようなキスがどんなものか。それとも、甘いキスがお望みかな？」

スッと手を差し出してきたジュリアスは、リズの顱《あご》に指をかけてくすぐるように動かしてくる。

どうだい？　と誘うように。

リズはその指を掴み、関節とは反対側にグイっと押し付ける。

「イタタタタ……」

「遠慮します」

指から手を放すと、リズは再びその場から立ち上がる。

「これ、宰相閣下にお渡しする分の書類です。議事録をいただけますか」

目的のものをジュリアスに押し付け、こちらが望む物をくれと手を差し出す。

すると、ジュリアスは「つれないものだよ」と泣きまねをしながら、議事録を差し出してきた。

「私をからかう暇があったら、早めに執務室にお戻りください。ヘイデンさんが留守を伝えるたびに宰相閣下の真似をしなくてはいけないのは不憫《ふびん》ですので」

「本当に真似をしてくれたんだ。彼、表情が変わらないけれど案外ユーモアのある人だから、それを皆に教えてあげたくてね」

それで意外とノリノリで真似をしてくれていたのかと驚きつつも、戯れもほどほどにと釘《くぎ》を刺し物置部屋を出ようとした。

「あの不倫、上手《うま》く利用するといい。まぁ、侯爵にバレているから長くは使えないかもしれないが、それでもそっちに敢えて回されない情報を財務副長官から引き出すことはできるだろう」

リズはゆっくりと振り返りながら、ジュリアスを見据える。

「私にあの方を脅せとおっしゃるのですか」

「脅すかどうかは君たちの使い方次第だ。だけど、今の君たちに綺麗《きれい》ごとを言っている余裕はあるのかな？」

悔しいが切羽詰まっている。

かと言って、ジュリアスが草案を通してくれればいいのにとも言えない。

結局、議会に持ち込んだとしても、エリーアス派の貴族たちがことごとく批判して突っぱねるのだから。

「ヒューゴ殿下と相談させていただきます」

どちらにせよリズひとりでは判断しかねる。

どう使うかは、皆と相談の上で決めなければならないだろう。

「ありがとうございます、宰相閣下」

「なんてことはないよ。言っただろう？　いつだって俺は君の味方だと」

忘れちゃダメだよ、とジュリアスが言うのを耳にして、リズは扉を静かに閉めた。

その瞬間、リズは手で顔を覆いながらその場にしゃがみ込み、心の中で叫ぶ。

(何であの人はこうなのよ！　もう！　もう！)

心の中でひとしきり悔しさを吐き出し、少し落ち着いたところで立ち上がり、平然とした顔で歩き始めた。

正直言って、悔しくて仕方がない。

あれはジュリアスの助け舟だ。

こちらが如何《いかん》ともしがたい状況に四苦八苦しているところに、ヒントをくれたのだ。

しかも、リズを振り回し、探させるという手間をかけたのもあの不倫場面を見せるためだろう。

あのふたりが不倫しているよと口で教えるよりも遥《はる》かに分かりやすく、かつ信憑性《しんぴょうせい》を持たせるやり方でリズに伝えてきた。

まったく憎いやり方だ。

しかも、彼が差し出してくれる助け舟は毎回的確でさり気ない。

助かるが、ジュリアスの態度の問題なのかしてやられた感が出てしまうのだ。

(あんな濃厚なキスの場面を見せておいて、興味があるならしてみる？　なんて、あんなこと軽々しく……)

ジュリアスの前では我慢できたが、実際は凄《すご》く動揺していた。

つい彼の唇に目が行ってしまったし、胸が高鳴ったのも誤魔化《ごまか》しようがない事実。

そして、最後の言葉。

（いつでも味方、か……。まだそう思ってくれているのね）

それもなかなか複雑だ。

リズが彼の手を借りなければならないひよっこだと思われているのだろうか。

初めてジュリアスと会ったときもそうだった。

彼はどこからともなく現れて、窮地に陥ったリズを助けてくれた。


今から四年前。

リズが学園に在籍していたときの話だ。

その頃は卒業後どうするか悩んでいた時期で、家族にも文官の道に進むことに難色を示されていた時だった。

貴族令嬢であれば伴侶を見つけ家に入るべし。女性の身で働くなどとんでもない。

当然の批判だろう。

人とは違う道を進むことにリズ自身も不安を覚えつつも、この道しかないと思っていた。

だが、もうひとり両親の他に強く反発する人がいた。

学園のある教師だ。

リズが文官の道に進むと話した途端に説教というていで罵り、ときには呼び出して考え直せと何時間も詰めてきたり、公衆の場で怒鳴ってきたこともある。

そのたびにリズは淡々と言い返し、決して自分の決意を曲げずに立ち向かっていた。だが、毎日のように言われていると徐々に心が折れそうになってくる。

生徒や先生たちは、その様子を遠巻きに見るだけで助けてくれない。

その教師は古株で、学園内でも立場のある人間だった。

だから余計に彼を止める人は現れず、リズの味方になってくれる人はいない。

孤立無援の状態で耐えていたが、ある日、教師は強引な手に出る。

リズを部屋に閉じ込めて、一枚の紙を出してきたのだ。

「これにサインをしなさい。サインをするまでこの部屋から出さない」

教師が見せてきたのは、リズが文官の登用試験を受けないという誓約書だった。

それに無理矢理《むりやり》サインをさせて、文官への道を断たせようとしてきた。

お前が国のために働くなどおこがましい。そんな娘を持った両親が不憫だ。

私はお前の将来のためにここまでやっている。いざ結婚しようと思っても無理だと断れるのは目に見えている
「愚かな選択をするお前を私は救ってやっている」

もっともらしいことを言ってくる教師に、酷《ひど》い嫌悪感と吐き気を覚えた。

「サインはしません。どうぞこのまま閉じ込めてください」

こんなものを誓わされるくらいなら、ここに閉じ籠《と》もっていた方がマシだ。

異変を感じ取った家族が探しに来てくれるまで耐えようと、リズは教師の言葉を突っぱねた。

「生意気な！」

今まで口汚く罵っても決して手を出してこなかった教師が、とうとうリズの頭を掴んできた。

机に押し付けてきて、もう片方の手でリズにペンを持たせる。

「調子に乗るなよ、小娘！　お前なんかが文官になっていいわけがない！　いいわけあるか！」

強引にリズの手を動かし、サインを書かせようとしてきたので必死に抗《あらが》った。

こんなものにどこまでの効力があるか分からないが、それでもこの一筆でリズの決意が崩れてしまうような気がした。

抗わなければ、すべてが終わってしまう。そう感じて死に物狂いで抵抗したのだ。

けれども、女の力では男の力に勝つことはできない。

徐々に書かれていく自分の名前に、眦《まなじり》に涙が滲《にじ》んできた。

「――なかなかあくどいことをしますね、先生」

「な！」

そんなとき、突如として聞こえてきた声に教師は飛び上がる。

リズも『誰？』と目だけでそちらを見ると、男性が腰を屈《かが》めてリズの顔を覗き込んできた。

「大丈夫？」

にこりと微笑みながら聞いてくるその人は、一方でリズの頭を押さえ付けていた教師の手を引き剥がして強い力で跳ねのけていた。

（……この人）

リズは彼の容姿の特徴をよく覚えていた。

友人から聞かされていたし、顔を知らなくてもその特徴さえ把握していればすぐに分かると言われていたからだ。

実際、リズも彼を見てすぐに誰だか分かった。

（ジュリアス・レントリヒ）

どうして学園を卒業したはずの彼がここにいるのだろうと目を見開く。

「酷い目に遭わされたね。ほら、こっちにおいで」

そう言ってジュリアスはリズの身体を引き寄せて自分の後ろに隠した。

ついでに誓約書も机の上から奪い取り、それに目を走らせる。

「……そ、それを返しなさい、レントリヒ君」

教師の顔には明らかに焦りの色が滲《にじ》み出ていた。まさかこんなところに人がやってくるとは思わなかったのだろう。

来たとしても、今まで通り見て見ぬふりをするだけだと高をくくっていたはずだ。

「そもそも、何故卒業生の君がここにいる。部外者は出ていきなさい！」

「まずい場面を見られたからですか？　先生。凄く焦った顔をしていますね」

誓約書を持っているようにとリズに渡してきたジュリアスは、教師と対峙《たいじ》しながらどこか余裕の笑みを浮かべていた。

「俺が在籍中は大人しくしていたのに、まだ懲りないんですね、貴方という人は。一度教師の立場を利用して悪いことをするとどうなるか、教え込んだはずですが……困ったなぁ」

最後の言葉を言うときに、ジュリアスの声色が急激に低くなったので、後ろで聞いていたリズはぞくりと背中を震わせた。

教師も同じなのだろう。顔が見る見るうちに青褪《あおざ》めていく。

「本当は自分が文官になりたかったのに親の反対にあってなれず、その親が死ぬと今度は金に困り教師になった。自分はなりたくてもなれなかった文官に生徒たちはいとも簡単になろうとしている。業腹だったでしょうね。まぁ、完璧な八つ当たりではあるのですが」

ジュリアスの言葉を聞いて驚いた。

リズも親にいい顔はされていない。

それでも成し遂げようと藻掻《もが》いている最中なのに、自分は親の圧力に屈したからという理由で生徒の将来を潰そうとしていた。こんなことが許されていいはずがない。

思わず教師を睨《にら》みつけた。

「これまで先生に嫌がらせを受けて、将来を潰された生徒はたくさんいますよね。いずれも先生よりも身分の低い家の生徒だ。姑息《こそく》な卑怯者《ひきょうもの》って先生のような人のことを言うんでしょうね」

教師の顔がカッと真っ赤に染まる。

激高し、ジュリアスに食って掛かった。

「君には関係ない！　部外者は出ていきなさい！　今すぐ！」

「落ち着いてください。こういうとき、頭に血を上らせた方の負けですよ」

近づく教師の首元に手をかけ、グイっと自分から引き離す。

そのさい、指が肌に食い込んでいるのか教師は苦しそうに呻《うめ》いた。

そんな姿を見ても、なおもジュリアスは冷静に話を続ける。逆にその姿が怖くなった。

「部外者は去れとおっしゃるのであれば、出ていくのは先生の方です。貴方はクビです」

「ざ、戯言《ざれごと》を！」

何が何だか分からないまま教師がジュリアスに解雇を言い渡されて、リズは目を白黒させた。

卒業生がクビを言い渡したところでどうにもならないだろうに。

ここは言った方がいいのかと様子を窺っていると、今度はぞろぞろと学園の警備兵がやってきた。

「こっちだよ。この男を学園の外に摘《つ》まみ出してくれ」

ジュリアスは警備兵たちにそう告げると、『この男』と教師を彼らの前に差し出した。

「ど、どういうことだ！　やめろ！　私ではなく、この男を！」

「彼らは俺のことを摘まみ出しませんよ。なぜなら、ついさっき、俺が学園長になりましたから」

「え！」

これまでずっと静観を決め込んでいたリズも、さすがに声を上げた。

ジュリアスが学園長とはどういうことなのだろうか。

教師も初耳だったらしく、唖然《あぜん》とし固まってしまった。

「陛下にこの学園の腐った体質を告発したところ、証拠を揃えて持ってくれれば学園長をクビにし、新たに俺を指名すると約束してくださいましてね。急いでかき集めたところ、念願叶《かな》って新たな学園長に就任することができました」

親を宰相に持つ子どもの特権ですね、とジュリアスは軽く言っているが、これは大変なことなのではないだろうか。

学園は国が運営している。

ちょっとやそっとの証拠では、学園長の首を挿《す》げ替《か》えたりはしないはずだ。

それでも国王がその許可を出したということは余程強力な証拠だったということだ。

「たくさん証拠は集まりましたよ。学園という密閉された空間で学園長と一緒に好き勝手していましたね、先生。在学中からコツコツと集めていたものと含めて、相当な数です」

収賄、成績操作、生徒への体罰、進路の妨害、その他もろもろ。

数えきれないほどの不正の証拠に、国王もジュリアスの言葉を信じるしかなかったようだ。

「学園長就任後の最初の俺の仕事は貴方を学園から追い出すことです。そこからじっくりとこの腐った中身を綺麗にしていきますからね。外からそれを見守っていてください。あ！　すみません、牢屋《ろうや》からは何も見えませんよね。もしよかったら俺が先生に報告しに行きますよ」

だからこそこんなにタイミングよくリズを助けることができたし、警備兵もすぐにやってきたのだと合点がいく。

すべては学園の悪ともいえる教師を一刻も早く追い払うために探していたのだ。

「昔は貴方を黙らせるだけしかできない若造でしたけど、今は正々堂々とクビにできる立場になりました。さて、ここを出たら次は取り調べが待っていますよ」

「ま、待ってくれ！　私は、私は、学園長に唆されていろいろとやっていただけで……」

「これまでは学園長が庇《かば》ってくれていたようですが、今はどうでしょう。そこまでの情を持ってくださっているといいですね」

「……ぐっ……うぅ……」

教師は悔しそうに顔を歪めたあと、がくりと脱力し、その後警備兵に連れられて行った。

「あ、この子への暴行と強要についてもちゃんと処罰を与えてくれと伝えておいてくれ」

警備兵にジュリアスが証拠として誓約書を渡してそう言付けすると、「分かりました」と返事が聞こえてきた。

「……私のこともですか？」

誰もいなくなった部屋でふたりきりになると、リズは問いかける。

「ダメだった？」

「いえ、ダメではありません。ありがとうございます。自分で告発する手間が省けました」

学園長も共犯だと思わず驚いたが、それでもリズが願っていた通りの結果となった。サインを無理矢理書かされそうになった瞬間、黙ってはいないと心に決めていた。

おそらく、相当な刑を科せられることになるだろう。

証拠が揃っているのであれば言い逃れはできず、国の所有物である教育機関を私利私欲のために利用したのだ、場合によっては死罪もあり得る。

決して同情はしない。自業自得という言葉を贈りつけたい。

リズが受けてきた心の痛みや、これまで彼に妨害されてきた生徒たちの無念のためにも、それ相応の罰が科せられることを願った。

「改めまして、助けてくださりありがとうございました。それに、あの先生を追い出してくださって、生徒たちもこれから安心して過ごせるようになるでしょう」

「学園長だからね。当然のことをしただけだよ」

その当然のことを大人たちはしてくれなかった。

助けて当たり前と言ってくれるジュリアスの言葉に、リズがどれほど救われたかきっと彼は知らないだろう。

「無理矢理誓約書を書かせるなんてね。でも、彼にあそこまでさせたってことは、君は相当抗ったんだね」

「もちろんです。自分がやるべきことを見据えて腹を決めたのですから。それがぶれてしまったら、これまでの努力をすべて無駄にしてしまいます」

諦めることは自分への裏切りだと言い聞かせてきた。

こんなことで曲げるほどの簡単な決断だったのかと。

「他人に何を言われても自分の人生です。私自身が責任を負わなければならない。負いたくない責任を背負わないためには何としてでも抗わなくては」

「そうか。なら俺はそんな君を助けられたことを誇りに思わないといけないな」

「……そ、そこまで大層なものではないのですが……」

照れることなくこんなことを言うジュリアスに気恥ずかしさを覚えながら、なるほどこういうところが人気の理由なのだろうと理解できた。

「君は痛々しいくらいに真っ直《まっす》ぐだね。久しぶりだなぁ、ここまで擦れたところも含みもない会話をしたのは」

「痛々しいって、それは誉《ほ》め言葉として受け取るべきでしょうか」

見方を変えれば悪口にも聞こえるが？　と顔を顰《しか》めて首を傾《かし》げると、ジュリアスはプッと吹き出した。

「誉め言葉として受け取ってよ。君の真っ直ぐな言葉に感銘を受けているところなんだから」

ニコニコした顔からはそうは見えないが、ここは素直に頷いておくべきなのだろう。

「……まぁ……そうおっしゃるのであれば……って、何ですか？」

ところが、ジュリアスが顔を近づけてきてリズの顔を覗き込んできたので思わず飛《と》び退《の》いた。あまり不用意に綺麗な顔を近づけないでほしいと、バクバクと心臓が早鐘を打つ。

「名前、知りたいなと思って」

「なら、顔を近づける必要ありませんよね？」

「顔もちゃんと覚えておかなければいけないだろう？　ほら、俺の顔も覚えて。あぁ、そうだ、自己紹介がまだだったね」

「知っています。ジュリアス・レントリヒ様、ですよね」

ついでに今ここで一生懸命覚えなくても、ジュリアスの顔はそうそう忘れられないだろう。

眼鏡が様になっているとか、本当に綺麗な顔をしていたとか、漆黒の瞳に見つめられると何故か目を逸《そ》らしたくなるとか、嫌でもこの短時間で覚えこまされた。

「ゼーフェリンク子爵家の次女・リズです。顔は……適当に覚えておいてください」

「適当？　そんなことできないよ。ちゃんと覚えた。名前もね、リズ」

こんな有名人に覚えてもらえるなんて恐れ多いと思いながら、『どうぞよろしくお願いいたします』と頭を下げた。

「真っ直ぐなリズ。君が君でいてくれる限り、俺はいつだって味方だ。このことを覚えておいて損はないと思うよ」

そう言ってジュリアスは去っていった。

新たに学園長に就任したジュリアスは、それから学園の膿《うみ》という膿を絞り出した。

不正を行った教師を容赦なく解雇し、横領されていた分上乗せされていた予算も見直し、教師に成績操作を金で依頼した貴族の子息を退学させた。

約一年間、学園の改革に努め、その後あっさりと他の人間に学園長の座を明け渡した。

本当に不正を暴き、是正するためだけに彼は学園長になったのだ。

それほど学園のやりように腹を立てていたのか、正義感か。

在学中の噂《うわさ》ではそんな素振りはまったくなく、興味なさそうにしていたと聞いていたのに。

彼が在任中にリズは卒業してしまったので、途中までしか改革を見ることはできなかったが、生徒たちからは支持されていたようだった。

学園生活を過ごしやすくなったと言っている生徒が多かったので、本来の学び舎《まなや》としての役割を果たすことができたのだろう。

それから、ジュリアスに再び出会ったのは三年後。

リズがヒューゴの側近になり、新たな宰相に就任したジュリアスの前に現れたときだった。

「やぁ、真っ直ぐなリズ。ここで会えて嬉《うれ》しいよ」

そう言ってくれたジュリアスは、ちゃんとリズのことを覚えてくれていたようでとても嬉しかった。

ところが嬉しいのは最初だけで、仕事相手としては非常にやりにくい相手だった。

切り捨てるときの容赦のなさ、正論で殴りつける情のなさ、そうかと思ったらこちらを揶揄うような行動をし、ときにはさりげない助け舟を出す。

ジュリアスという人間を知れば知るほどに分からなくなる。

解明できなくて苦手意識が育ってしまう。

それでもなお、彼が苦手であっても嫌いではないと思えてしまうのは、基本的にはいい人だと分かっているからだろう。

今でも思い出す。

教師から救ってくれたジュリアスが、こちらを覗き込んできたときに見せてくれた顔。

四年経《た》った今もどうしても忘れられなかった。

「……なるほどな。あいつに借りをつくった形か」

職場に戻り、さっそく先ほど見た不倫についてヒューゴに話した。

ジュリアスにこれを利用して副長官から情報を引き出したらいいと言われたということも。

ヒューゴは渋い顔をしながらも考え込み、ふと納得したように頷く。

「分かった。これはありがたく利用させてもらうとしよう」

「副長官を脅すのですか？」

「いや、俺なりのやり方でやる。おそらく、ジュリアスもそれを狙ってお前に情報を渡したのだろう」

どういう意味だろうと真意を測りかねていたリズだったが、すぐにヒューゴが言っていたことの意味が分かった。

その後、ヒューゴはボリス侯爵と会い、夫人が財務副長官と道ならぬ仲であることを告げ、もしも情報を流してくれると約束するのであれば、ふたりを別れさせると申し出たのだと言う。

ボリス侯爵は夫人の不倫自体は知っていたが、惚《ほ》れた弱みなのか上手く別れさせることができずに歯痒《はがゆ》い思いをしていたようだ。

愛ゆえに強く出られないボリス侯爵の追及を夫人はのらりくらりと躱《かわ》していて、なかなか上手くいかないのだとヒューゴの前で泣き言を漏らしたのだとか。

そこでヒューゴが一役買いますと言ってきてくれたことは、彼にとっても渡りに船だったのだろう。

言葉通り夫人と財務副長官を別れさせることに成功したヒューゴは、ボリス侯爵という協力者を得ることができたのだ。

王位継承者競争では中立の立場を貫いているボリス侯爵だが、今回の件でヒューゴ派を表明するつもりはないが、できうる限り協力はしようと言ってくれたらしい。

以降、夫人は大人しくなり、新たな愛人をつくる気配はない。

「君たちがボリス侯爵の機嫌を取ってくれたおかげで、滞りがちだった議会がスムーズに進むようになったよ」

満足そうな笑みを浮かべたジュリアスが、ヒューゴ率いる側近たちにお礼を言ってきた。

「貴様、それが狙いか」

こめかみを震わせながらヒューゴが問うと、「まさか」と否定する。

「俺は不倫している人がいるよと教えてあげただけだよ。こんな結果になるとは、夢にも」

（……嘘くさい）

絶対にこれを狙ってのことだったに違いない。

けれども、夫人と不倫相手を別れさせることはジュリアス自身でもできたはずだ。それなのに、こちらに任せたのは、やはり情報提供者をつくらせるためだろうか。

わざわざこんな遠回りなことをしなくても、素直に言えばいいのに。

（私のことを『真っ直ぐなリズ』と言うけれど、ジュリアス様は物凄《ものすご》くねじ曲がった人よね）

曲がりすぎて元の形が分からないくらいだ。

「さぁ、今度こそ草案を通してもらうぞ」

「通るかどうかは中身次第ですよ、殿下。では、お手並み拝見」

ようやくひとつの草案が議会に通す許可が出たその日は、皆で喜び合った。

「あぁ！　しまった……これ、今日中に出せって宰相閣下に言われていた書類だ……」

ひとしきり喜んだあとに、今日は早く帰って休めというヒューゴの命令に従い、早めの帰宅にかかろうとしていたときだった。

スザンナが慌てた顔をして書類を取り出したあと、そろりとこちらに視線を向けてくる。

「リズさん……お願い、できるかな？　今日は久しぶりに早く帰れるから、子どもに会いたくて」

そう頼まれることは想定していたので、リズはすぐに渡してくださいと手を差し出した。

もし、スザンナがジュリアスの戯れに巻き込まれて子どもと過ごす時間がなくなったら可哀想だ。

「ありがとう！　次は自分で持っていくから！」

「大丈夫ですよ。こういうときはいつでも頼ってください」

何度も謝りながら帰っていくスザンナに手を振り、リズはさっそくジュリアスの部屋へと向かっていく。

今日は大人しく部屋にいてくれたらいいのだけれど……と思いながらノックしようと手を振ったときに、先に扉が開いた。

「え？」

「あ」

リズとジュリアスの声が重なったと思ったら、空振りをした勢いで彼の胸元に頭をぶつけてしまう。

「も、申し訳ございません。まさか宰相閣下が出てこられるとは思わず……」

「参ったな……」

何故かジュリアスは手で眼鏡を覆い、困ったような素振りを見せてきた。

そんなにぶつかってしまったのが煩わしかったのかと慌てて離れる。

「これ、今日閣下にお渡しするように言われていた書類です。私はこれを届けに来ただけですので。それでは失礼いたします」

お辞儀をし、さっさと目の前から消えようとした。

……消えようとしたが、二歩進んだところで足が動かなくなる。

「……あれ？」

足どころか身体全体が前に進まない。

どういうことかと焦っていると、ジュリアスが近くにやってきて自分の手首を見せてきた。

正確には手首につけている腕輪を指さしている。

「これ、巷《ちまた》で様々なトラブルを巻き起こしている魔道具の一種」

「……どうしてつけているのですか？」

「実際、どんな効果があるのかをたしかめるためだよ。一応説明は腕輪に書いてあるけれどね。それでも未知数なところがあるから、対策として何が有効かとかを調べていた」

「それで、どんな効果が？」

嫌な予感がしてきた。

魔道具が出てきた時点で、もうかなりきな臭い。

面倒ごとに巻き込まれたかもしれないと、リズは息を呑む。

「この腕輪をつけてから最初に触った人と離れられなくなるんだ」

「……はい？」

「つまり、俺と君はこの魔道具のせいで離れられなくなっている」

「ご冗談でしょう？」

いつものように揶揄っているだけだろうと、リズは半笑いを浮かべた。

「なら、俺から離れてみてごらん」

そう言われて、再び足を動かした。

するると、先ほどと同じようにジュリアスから二歩離れるとそれ以上進めなくなる。まったく身体が動かず、何かがリズを縛り付けているかのようだった。

「……うそ」

こんな状況ありえない。絶対に解決する方法があるはず。

そう心の中で叫びながら、藻掻いたが二歩以上ジュリアスから離れることは叶わなかった。

「な、な、何でこんな物騒なものを……！」

「これは一日中誰にも触れなければ、勝手に消える魔法なんだ。だから、誰にも接触しないようにと思っていたんだけれど、君の方から飛び込んできた」

「飛び込んでいません。あれは事故です」

「そう事故だよ。だから、不可抗力だよね」

仕方ないと分かっているが、この状況が理解しがたいリズは徐々に混乱してきた。

つまり、魔道具の効果が切れない限り、リズはジュリアスから二歩以上離れられなくなるということだ。

（え？　え？　宰相閣下とずっと一緒？　家は？　仕事は？）

離れられないとなると、いろいろと生活に支障が出てきてしまうのではないか。

互いに困った状況ではあるのに、どうしてジュリアスはこんなに冷静なのだといろんな考えが巡り、一周回ったところではたと気づく。

「これ！　どうすれば解けるのですか？　魔法ということはなにかしらの解放条件がありますよね？」

たとえば、先ほど言っていたように一日中触らないとか、そういう感じのものがあるはずだとジュリアスに問う。

すると、彼は「う～ん」と唸《うな》り、「あるにはあるけれど」と言ってきた。

「この魔道具は、マンネリ化した恋人や夫婦のために性的なことに使うのを目的として作られたものらしい」

「……へ？」

「ふたりを強制的に離れられなくして、愛を育むというものだね」

「……待って、ください……待って、待って」

聞きたくない。

怖くてその先を聞く勇気がないと、ジュリアスを止めようとした。

「だから、これを解くためには——俺たちが性交をする必要がある」

だが、彼はあっさりとそれを言ってくれる。

いつものように何を考えているか分からない笑みを浮かべて、リズを混乱の渦に叩き落としたのだ。

第二章

「……こんなの嘘よ……悪夢だわ……」

「悪夢だなんて酷いなぁ。そこまで嫌がる?」

打ちひしがれるリズとは対照的に能天気なジュリアスに腹が立ってくる。

元はと言えば、彼が自分で魔道具の実験をしなければこんなことにはならなかったはずなのにと、思わず睨《にら》み付《つ》けた。

「とりあえず、今は今夜どうしようということを考えようか。どこで一夜を共にするか、とかね」

「言い方が悪すぎます。どこでこの窮地を乗り切るかです」

そんな含みを持たせた言い方をしないでほしい。

この状況をいまだに呑《の》み込《こ》めなくて、混乱しているのだから。

「うちは……きっと宰相閣下を連れていったら大混乱になるし、責任問題だなんだとうるさくなりそうだし……」

こんなときこそ安心できる自分の屋敷に帰りたいのだが、それでは余計な混乱を招いてしまう。

文官になっても娘の結婚を諦めていない両親は、事あるごとに縁談を持ってこようとする。そのたびにリズは断り、のらりくらりと躱していたが、もしもジュリアスと一晩一緒の部屋で過ごしたとなると、彼にそれなりの責任を求めてくるだろう。

しかも相手はジュリアスだ。

こんな願ってもない相手を逃すわけがない。

「なら、俺の屋敷に泊まるほかないな。ご両親には急ぎの仕事で職場に泊まると伝えるといい」

「その方が、のちのち面倒くさくならないですよね」

「そうだね」

にこりと微笑み賛同してくれるが、その笑顔に一瞬本当にそれでいいのかという疑いを持った。

先日の不倫事件のときのように裏に他の目論見《もくろみ》を持っているのではないか。

こんなことを考えてしまうのは、穿《うが》ちすぎだろうかと思う一方で可能性を捨てきれない。

「俺の屋敷で、一緒の部屋で、一緒に食事をして風呂に入って、同じベッドに入ろうか」

「私を揶揄うためにそういう言い方をするのは止めていただけませんか」

「だって全部これから起こりうることじゃないか。事前に共有しておいた方が困らないだろう?」

それはそうなのだが、やはりリズも年頃の女性だ。

男性にそんなことを言われてしまうと変に意識してしまう。

(逆に宰相閣下は意識しないのかしら。意識しないから、平然と口に出すのよね、きっと)

ちらりと彼の横顔を見ても、いつもと変わらない様子だ。

「……念のために確認しておきますが、魔法を解くために……その、無理矢理……し、したりしないですよね」

これは自意識過剰からくる言葉ではない。自己防衛だと自分に言い聞かせる。

すると、ジュリアスは目を細めて、こちらをじぃっと見つめてきた。

その意図を読めない視線にたじろいでいると、彼はにこりといつものように微笑む。

「しないよ。そんなこと」

「で、ですよね。よかった……」

まさかそんなことはないと思いつつも、ジュリアス本人から確認が取れてホッと胸を撫《な》で下ろした。

「まぁ、でも、君が襲ってほしいと望むのであれば、その限りではないけれど」

不意にジュリアスが顔を近づけてきて、リズの耳元で囁《ささや》く。

その妖しい色気を伴った声色と、台詞《せりふ》に「ひっ」と悲鳴を上げて彼の顔を手で押《お》し退《の》けた。

「ありません！　絶対に、ありえません！」

完全に押し退け、ジュリアスから距離を取る。

二歩しか離れられないのが本当にもどかしい。

改めてこの魔法の面倒くささを思い知る。

「なら安心だね。さて、我が家へ行こうか」

手を差し出されたが、それを丁重にお断りしてジュリアスが歩く斜め後ろをこっそりとついていった。


「魔道具の事故でリズと離れられなくなったんだ」

リズを屋敷に連れてきたジュリアスを目の前にして、家令が驚き固まっているところに、彼は簡潔に状況を説明する。

すると、それだけですべてを理解できたのか、家令は「分かりました」と恭しくお辞儀をしたあと、てきぱきと使用人に客人を迎える支度をさせていた。

優秀なのか、それともこういう不測の事態に慣れているのか。

あっという間に中に通されて、カウチに座らされてお茶を差し出された。

「自分の家のように寛《くつろ》いでくれていい」

ジュリアスはそう言ってくれたが、さすがに緊張する。

けれども、喉の渇きには抗えなくてお茶をいただくことにした。

全身に沁《し》み渡るような温かさに、少し落ち着きを取り戻す。

（……これからどうしよう）

考えることはたくさんある。

その中でも、リズの頭を支配しているのは仕事のこと。離れられないとなると、どちらか一方の職場に行くしかなくなるのだ。

どちらの仕事を優先させるかなど論じるまでもない。どう考えても一介の側近よりも宰相の仕事を優先すべきだ。

それは理解できるが、もしこのまま離れられるまで休職となったら、自分のキャリアはどうなってしまうのだろうという不安がずっと渦巻いていた。

ヒューゴの側近に戻って、これまで通りに仕事ができるのだろうか。

急に現実が見えてきて、そればかりに思考が奪われていた。

「いいの？　俺、君が見ている前で服を脱ぐけれど」

「……え？　あっ……も、申し訳ございません！」

頭を悩ませるばかり、ぼうっとしていたようだ。

いつの間にかジュリアスの部屋にやってきていて、彼が着替えをする場面を見つめてしまっていたらしい。

我に返ったときに、胸元をはだけたジュリアスが立っていて、慌てて後ろを向いた。

（……ひ、ひぇ……は、肌、着替え、見ちゃった……）

いつもはきちりと着込まれた服の下に隠されている胸板が見えた。

ボタンが下まで外されていたので、臍《へそ》まで見えていたし、さすがのリズでも彼の隙のある姿には色香を感じてしまう。

破廉恥な真似をしてしまったと、喝を入れるように自分の頬を抓《つね》った。

とにかく今は正しい判断をするために冷静でいなければと、心の中で言い聞かせる。

着替えを終えたジュリアスは、ラフな格好になっていた。

シンプルなシャツにトラウザーズ。長い髪はゆるくひとつに結んでいる。

「君の着替えは用意させているところだよ。その間にお風呂に入ろうか」

「……お風呂、ですか」

「入らないのかい？」

「いえ、入りますが……けれど、どうやって……？」

離れられないのなら、一緒に入るしかないのだろうか。

ジュリアスと、ふたりで、裸で。

その状況を思い浮かべて、リズの思考は一旦停止した。

「その顔、もしかして一緒に入るところ想像している？」

不敵な笑みを浮かべたジュリアスが、リズの後ろにあるチェストに両手を置き、腕の中に閉じ込めてくる。

「いいよ、それでも。君になら俺の裸を見せてもいい。俺のすべてを見せてもいいと思っている」

「……はだ、か……」

思考停止した頭で『裸ってなんだっけ？』と考えてしまったが、すぐに思考を取り戻して、ジュリアスを突き飛ばした。

「見ません。見なくても結構です。そうですね、お互いに目隠しをする方向でやっていきましょう。衝立《ついたて》も必要ですね」

即座に代替案を出したリズは、さっそく目隠しになるようなものを探し始める。

互いに透けないと確認したローブのサシュを目隠しに選び、さっそくお風呂に入った。

先にジュリアスが入るべきだと主張すると、それでリズが安心するならと了承してくれた。

バスタブから二歩分離れた場所に椅子と衝立を置き、目隠しをしたリズが後ろ向きに座る。

「じゃあ、入るよ」

そう告げてきたあと、衣擦《きぬず》れの音が聞こえてきた。

服を脱いでいるのだと思うと、その音が妙に生々しく感じてしまう。

視界を塞がれている分、聴覚が冴《さ》えわたってしまっているのだろう。些細《ささい》な音でも拾って、今どんなことをしているか想像させてしまう。

（思っていた以上に卑猥《ひわい》だわ……）

ずっとドキドキしている。

このままでは心臓が爆《は》ぜてしまうのではないかと怖くなるくらいに。

「こんなことに巻き込んでごめん。でも、正直、こうなった相手がリズでよかったよ」

バスタブで身体を温めているのだろうか。

水音があまり聞こえなくなった頃、ジュリアスが話をはじめた。

「もし、他の女性だったら大変だっただろうな。俺は繊細だから耐えられなかったと思うし」

「宰相閣下は繊細という言葉から一番遠い方だと思っておりました」

「言ってくれるね。君の今の言葉で俺の繊細な部分が傷ついたよ」

たしかに、これまで掴めない人だと思っていた。

でも彼が言う通り、実際に繊細な人だったら？　とハタと考える。

今の言葉はあまりにも失礼で、本当に彼の繊細な部分を傷付けていたりしたら？　と申し訳なくなり、謝罪の言葉を口にしようとした。

「冗談だけどね」

だが、次の瞬間そんな気持ちは吹き飛び、代わりに拳を握り締める。

一瞬でも信じた自分が馬鹿だった。

「でも、他の女性だったら耐えられないというのは本当だよ。君は裏表がないから、一緒にいて安心できる」

リズがこの状況に不安を覚えたように、ジュリアスだって不安を覚えても仕方がない。

いつもと変わらない様子を見せていたので気付かなかったが、大きさは違うもののある程度の不安は抱いていたのだろう。

（いつもこのくらい素直だといいのに）

顔が見えないから、本心を吐露してくれたのだろうか。

彼の繊細な部分を知ることができて少し嬉しかった。

「目隠しを取ってもいいよ。次は俺が目隠しをする番だ」

湯あみを終えたジュリアスが声をかけてくる。

リズは目隠しを外して無言で彼に渡すと、彼はそれを自分の目元につけた。

黙っていたリズとは対照的に、ジュリアスはずっと話しかけてきた。

気を遣ってくれているのかもしれないと気付いたのは、少し経ったあとだ。

彼が話しかけてきてくれる限り、リズが先ほど意識してしまった音が掻《か》き消《け》されるし、声の反響でジュリアスが同じ位置にいてくれることが分かる。

他愛《たあい》のない話。

普段は仕事の話ばかりなのに、今は互いのどうでもいいことを話している。

休みの日は何をしているのか、嫌いな食べ物、好きな食べ物、趣味、最近読んで面白かった本。

ジュリアスからそれらを聞くたびに、彼に親しみを覚える。

普通の人間なのだなと思えてしまうのだ。

「目隠しを取っても大丈夫ですよ」

もう少し他愛のない話をしていたかったが、気を遣わせ続けるのも申し訳ない。

「こんなことがなければ、君とこんな話はできなかっただろうな」

「そうですね」

案外楽しい時間でしたと言おうとしたが、リズはとどまり口を閉じた。

その後、何故か髪を乾かしたあとにジュリアスに手入れをされた。

櫛《くし》で丁寧に梳《す》き、香油をつける。

ふわりと香ってきたのは、いつものジュリアスのムスクの香り。

いい匂いだと思っていたが、髪につけていた香油だったのかと彼をちらりと見る。

「リズの髪、綺麗だね。ホワイトベージュの髪が揺れるたびに、感触を確かめてみたかったんだ。お手入れさせてくれてありがとう」

随分とご機嫌な様子で、慣れた手つきで香油を擦り込んでくれている。髪の綺麗な人に褒められると満更でもなかった。

「宰相閣下は、どうして髪を伸ばしているのですか？」

「髪の長い男は嫌い？」

「いえ。嫌いではないです。ただの世間話です」

「世間話、ね。そうだな、俺に似合うっていうのもあるけれど、一番は父への嫌がらせかな」

軽い気持ちで聞いたのだが、とんでもない言葉が飛び出してきて、リズはギョッとする。

「俺は母にそっくりでね。髪を伸ばしていると特に似ているらしい。だから、俺の顔を見ると母を思い出すんだろうね、見る見るうちに父の顔が歪んでいくんだ。それが愉快で、なかなか切る気になれない」

たしか、ジュリアスの母親は彼が幼いときに亡くなったはずだ。その数年後に兄も亡くなっている。

互いの個人的なことを話したのは今日が初めてなので、家族の込み入ったところまでは聞けていないが、今の話から何となく複雑な事情がありそうだ。

これ以上突っ込んで聞くのは野暮《やぼ》というものだろうか。

「こんなに綺麗にお手入れしているのに、嫌がらせだけのためですか？　もったいない」

何とか当たり障りのない言葉を探したのだが、口にしたあとこれもまた失礼だっただろうかと思い直し、取り消そうとした。

だが、その前に笑い声が聞こえてくる。

振り返ると笑いを堪えようとしながらも堪えきれず、クックツと笑っているジュリアスがいた。

「……くくっ……たしかに、君の言う通りだ……もったいないかもな……」

そんなに面白いことを言っただろうかと笑うジュリアスの姿に首を傾げつつも、怒っていないようで安心した。

「いつまでもそんなものを理由にしていたら、この髪も可哀想だ」

笑い終えたあと、彼は納得したように頷く。

「ねぇ、リズ。俺の髪の毛、綺麗だと思う？　好き？」

「……えぇ……まぁ……綺麗だと思いますし、とてもお似合いですよ」

「分かった。なら、それを理由にするよ」

どうしてそうなるとギョッとする。

そんな重いものを背負わせないでくれと。

「私だけではなく、他の皆さんも宰相閣下の髪を絶賛していますよ」

「他はどうでもいいよ。君にいいと思ってもらえているかが重要だ」

そんなものは大して重要ではないと思うのだが、と困惑していると、ジュリアスはリズの髪の毛を梳き終えて、自分の手でさらりと髪を撫《な》でた。

「綺麗にできたよ、リズ。鏡で見てごらん」

そう言われて鏡の中の自分を見ると、いつもより艶が出て綺麗にまとまっている髪の毛が目に入った。

「凄い……」

屋敷の使用人でもここまで綺麗に仕上げられないだろう。

ここまでしてもらえたことに、素直に感動して魅入ってしまった。

「これで、リズも俺と同じ匂いになった。同じ匂いを纏《まと》わせている俺たちを見たら、他の人たちはどう思うかな」

嬉しそうに声を弾ませるジュリアスを、つい鏡の中でねめつける。こんなことを言うためにわざわざ手入れをしたのであれば、先ほどの感動を返してほしいものだ。

「どう思うも何も、不思議な偶然ですねで済ませます」

「なら、俺は君の髪の毛の手触りは最高だったと触れ回ろう」

また揶揄っているのかと大きな溜息を吐く。

「思わせぶりは止めてください。対応に困ります」

「全部思わせぶりではなく、俺の本当の気持ちだとしたらどうする？」

「どうするって……貴方が私にそんなことを思うわけが……」

あるはずがない。ただ揶揄っているだけでしょう？　と問うと、ジュリアスはにっこりとわざとらしい笑みを浮かべた。

何となく話の流れが変な方向に向かう予感がして、椅子から立ち上がりジュリアスから最大距離を取る。

ところが、すぐに彼に捕まり抱き上げられた。

「一度じっくりと話し合おうか」

そう言って、彼はベッドにリズを運んでいき座らせる。

「……話し合うのに、どうしてこんなにくっつく必要があるのですか」

ジュリアスはリズを後ろから抱え込むように座っていて、背中が彼に触れている。わざわざこんな体勢にならなくてもと苦情を申し立てた。

「だって、君逃げるだろう？」

「今、貴方から離れることができなくてこんなことになっているのですが」

逃げたくても逃げられませんと言うと、まぁまぁと宥《なだ》められた。

「この魔法を解くには俺と性交をしなければならないわけだけれども、リズはそのつもりはある？」

そう問われて、ウっと言葉を詰まらせる。

「……で、できません」

ジュリアスのことは嫌いではないが苦手だ。

振り回されるし何を考えているか分からないのは、今日一日話していても変わらないし、感情が何かと忙しくなる。

「そもそも、そういうことは……やはり心を通わせた相手と……」

自分の中に男性を受け入れるというのは、とても勇気のいることだ。

それこそ好きな人ではないと、という想《おも》いがどうしても拭えなかった。

「ちなみに、リズが考える『そういうこと』ってどういうこと？」

「え？」

「この魔道具の解除条件は『性交』とだけしかない。その『性交』というのはどこまでを指し示すのかとふと思ってね」

女性の中に男性の性器を挿入することが性交ではないのだろうか。

リズはそう淑女の嗜《たしな》みの授業で習ったのだが、他の定義があるのだろうか。

「人によっては性器を挿入しなくても、互いの身体をまさぐり合うだけで性交だと言う人もいる。もっと慎重な人なら、キスだけでも性的な交わりだと定義する人もいるかもね」

「つまり、ひとえに『性交』と言っても、定義が曖昧で、もしかすると魔道具の定義も挿入が必須ではないかもしれないということですね」

なるほど、それは盲点だった。

たしかに、その可能性は否めないかもしれない。

「だから、君が挿入しなくても性交だと思うのであれば試してみてもいいかもって」

「性交のラインがどこを指すのかをたしかめるということですか？」

「上手くいけば、この関係は明日の朝には解消ということになるね」

それは願ってもいない話だ。

明日の朝にジュリアスから離れられるのであればありがたい。

(でも、今から宰相閣下の身体を触ることになるのよね？　宰相閣下も……私の身体を……)

自分の身体に巻き付いている大きくて武骨な手を見て、リズはどきりとした。

「どうする？　試してみるかい？」

決定権はこちらにあるらしい。

挿入までいかなければ純潔を失うことはなく、これからも誰かとの恋愛結婚を望むことができる可能性はある。

離れられないまま人前に出続けていれば、いらぬ憶測を呼び、ジュリアスとの結婚を周りからも望まれることになるだろう。

できれば秘密裏に処理をしておきたいという気持ちが勝り、リズは小さく頷いた。

「なら、聞かせてくれ。君はどこまでなら試せる」

「どこって……身体を触れ合うところでしょうか……。できれば、あまり服を脱がせない方向でお願いします」

裸を見せるのは恥ずかしい。せっかく先ほど目隠しで阻止したので、できればこのまま隠し続けたい。

「じゃあ、身体に触れるところまで試してみよう。ちなみにキスは？」

「ええと……やめておきます」

とりあえずまさぐり合うところからでいいと首を横に振ると、「残念」とジュリアスが呟く。

「じゃあ、触っていくよ」

「この状態でですか？」

「向き合って、顔を見ながらしたかった？　リズもなかなか大胆だね」

「……このままで大丈夫です」

さぁ、どうぞと身体を預けると、ジュリアスはリズのお腹《なか》の上に右手を置いた。もう片方の手は腕に。

用意された寝間着は、生地の薄いワンピースだ。上に羽織るものもあって、素肌はあまり見えないのだが、いかんせん生地の薄さが心もとない。

布越しに触れられているはずなのに、彼の手のぬくもりが伝わってきてそわりと肌の下がむず痒《がゆ》くなった。

「ちゃんと俺の手の動きを見ていてね。そうじゃないと、リズがダメってところまで触ってしまうかもしれないから」

「……分かりました」

言われた通りに、リズはじぃっとジュリアスの手の行方を見守っていた。

右手は腹を撫でつけ、左手は肩に回ってくる。

そこから滑らせて、首筋、うなじと肌の上を滑らせてきた。

「……ンっ」

首筋を指の背で優しく撫でつけられると、びくりと肩が震える。その拍子に声が口から漏れ出てしまい、慌てて口に手を当てた。

ジュリアスは声が出たところを何度も撫でてくる。こちらは我慢しているというのに意地が悪いと思いながらも、下手に口を開くことができずに耐えた。

するとどうだろう。何故か耐えれば耐えるほど体温が上がっていく。

自分の身体の変化に戸惑いながら、リズはそれでも懸命にジュリアスの手の動きを見続ける。

腹に置いていたはずの右手は胸の間まで這《は》い寄《よ》ってきていて、寝間着のリボンの飾りを爪で弾いていた。

そこから伝わってくる振動が、どうしてか気恥ずかしい。

この邪魔をしている服を取りたいと、強請《ねだ》られているように思えた。

「こういうことをするときって、どこを触ると思う？」

後ろから耳元で問われる。

「……分かりません。授業では……夫となる人に任せなさいとだけしか……」

具体的なことは性器の挿入が必須であることと、その際には痛みが伴うということだけしか教わっていない。

女性から動くのははしたないとか、だが夫に求められたならそれに応えるのも妻の役目だとか、心構えのことばかり。

「じゃあ、教えてあげる」

クスっとジュリアスの笑う声が聞こえたかと思うと、右の人差し指が胸を囲むように円を描き始める。

「まずは気持ちよくなれる箇所をさがしてあげるんだよ。たとえば、ここ。ここに触れて、揉《も》んで、可愛がってあげるんだ」

そう言いながら触れる指の数を徐々に増やしていき、乳房全体を手で撫でる。

誰かに胸を触られる感覚に、リズは吐息を熱くする。肌に疼《うず》きを与えられているかのよう。

しかも触れれば触れるほどに、それが大きくなっていく。

大きな手で持ち上げられ、揉まれたとき、羞恥のあまり目を逸らしそうになった。

彼の手から少しはみ出すほどの大きさのそれに、ジュリアスの指先が食い込み、彼の指が動くたびに柔肉が形を変えていく。

まるで視覚の暴力だ。

見ていてと言われて素直に従ったが、こんな卑猥なものを見ていてもいいのだろうか。

触られているのは自分の胸ではないと切り離して考えればまだマシかもと思ったが、ジュリアスが絶え間なく与えてくる疼きがそうさせてくれない。

「……ぁ……うンっ……ンふ……ぅ」

先ほどよりも甘い声が出る。

ジュリアスの手の動きも大胆になって、徐々に胸の頂が硬さを持ち始めた。

「ほら、ここも触ってってって顔を出し始めた」

布を持ち上げてツンと尖《とが》るそこを、ジュリアスは指で弾く。

「あぅっ……あ……待って……そこ……も？」

「そうだよ。ここは快楽を得やすい場所だから、しっかりと触ってあげなきゃ」

大事なんだよと言われれば、授業以上の知識がないリズは信じるしかなかった。

「こうやって摘まんで、指で擦ってあげて。布の摩擦が直接伝わってきて、気持ちいいだろう？」

素直にコクリと頷く。

服を脱がさないでと言ったのが仇《あだ》になってしまったようで、布越しの刺激は思わず腰を動かしてしまうほど気持ちよかった。

爪の先でカリカリと引っかかれるのも気持ちよくて、何をされても快楽を拾ってしまう。

「あぁ……口でも可愛がってあげたいなぁ。やってもいい？」

リズは首をふるふると横に振る。

これ以上気持ちよくされてしまったらどうなってしまうのか。

今のこの状況だけでもいっぱいいっぱいなのだ、もう乱さないでと涙目で懇願した。

「なら、首はどう？」

乳首に触れてくれなければ、そこでもいいと、今度は首を縦に振った。

ジュリアスはさっそくリズのうなじに舌を這《は》わせてくる。両方の手の指は胸の頂を自分勝手にいじくって、同時に攻めてきた。

「ぅあ……あっ」

先ほど指で触られたときはサワサワとしたものがせり上がってくるだけだったが、舌で愛《め》でられているうちに快楽になっていく。

胸と連動しているのだろうか。

乳首をきゅっと摘まれながらうなじをきつく吸われると、思わず背を逸らしてしまうほどに感じてしまう。

一緒に触らないで。

そう言いたいがジュリアスのことだ、『どうして？』と意地悪く聞いてくるはずだ。

どうしてかなんて、そんな恥ずかしいことは口にできないとリズは口を閉じる。

「気持ちいい?」

それなのに、あちらの方から言わせようとしてきたので、懸命に首を横に振った。

「嘘だって顔を見れば分かるけどなぁ。鏡で見せてあげたいよ。目がとろんとして、頬も真っ赤にしてて、可愛い」

こめかみにキスをして続けて首を振るリズを宥めると、自分の方を向かせるように顎に指を添えた。

「気持ちいいのは悪いことじゃないよ、リズ。互いに気持ちよくなってするのが性交なんだから」

「……でも、はしたない、から」

「そうだね。乱れて、いつもとは違う顔になって身体も淫らになって、とてもはしたない。でも、それがいいんだよ。はしたなさもすべて曝《さら》け出すのが性交だから」

乱れても許される。

気持ちよくなってそれを口にしてもいいのだと、ジュリアスは誘ってきた。

「ほら、感じるだろう? 俺のはしたない部分」

(……これって)

お尻に当たる硬いもの。

ジュリアスがグリグリと擦りつけてきて、その存在を教えてきた。

「君が気持ちよくなっている姿を見て、俺も気持ちよくなっている。その証拠だ」

熱くて逞《たくま》しいそれ。

彼が興奮している証だと教えられて、リズもまた興奮を高める。

頭が熱に犯されて、徐々に上手く考えられなくなって、ジュリアスの言葉がぐるぐると脳内を回り、はしたなくてもいいのかもという気分になってきた。

気持ちがいいと素直に言っても構わないと。

「俺は気持ちいいよ。……リズは？」

そう聞きながら、ジュリアスは両方の乳首を指で挟んでグリグリと擦ってきた。

「ふぁ……っ！　……あぁ……あっ……ひぁあっ……！」

声を我慢することも忘れて、感じるがままに啼《な》く。

容赦なくここを虐《いじ》められると気持ちよくて、腰から子宮に、子宮から全身にゾクゾクとしたものが広がっていった。

未知の感覚は怖い。

けれども、もっと気持ちよくしてほしいと思う自分がいた。

ところが、ジュリアスはパッと指を放してしまう。

どうして、と思わず言ってしまいそうになったリズは、それを目線で訴えかけた。

ジュリアスは何も言わず、笑みを浮かべるばかり。

まるで、言いたいことがあれば言葉でどうぞと言うように。

「……わたしも……気持ちいいです……」

降参して素直な気持ちを口にした。

「よかった。俺だけじゃなかったんだね。――じゃあもっと気持ちよくなろうか」

嬉しそうに破顔するジュリアスは、今度はリズの下腹部に手を伸ばしてきた。

スカートをめくり下着の中に侵入し、こちらに見せつけるように手を下にずらす。

すると、秘所から溢《あふ》れ出た蜜が糸を引いて下着にくっついてきた。

「……っ！」

あんなに濡《ぬ》れてしまっている。

気持ちよくされるたびに秘所から何かが漏れ出ていると思ったが、こんなにも下着を穢《けが》してしまっていたとは。

思わず目を逸らしたが、すぐにそれをジュリアスが引き留めた。

「見ていてって言ったはずだよ。どこまでが性交か、どこまで許せるのか、ちゃんと見極めないといけないいんだから」

分かっている。

分かっているが、ジュリアスがわざわざ見せつけてくる自分の痴態を直視できない。

はしたないことは悪くないと言われそれは呑み込めたが、羞恥までは呑み込めなかった。

「性交は男性のアレをここに入れるわけだけれども、その前にちゃんと通るように解す必要がある。だから、触り合うときはここに指を入れるんだよ」

「……はぁ……あぁ……っ」

「時には舌でも愛でてあげる。大事に大事に扱わないといけないからね」

リズの外耳に舌を這わせ、こんな感じにと疑似体験をさせてくる。

自分のあそこが耳と同じように舐《ねぶ》られることを想像すると、リズの子宮がきゅんと切なく啼いた。

「見て……触るよ」

ジュリアスの人差し指がゆっくりと秘裂に触れる。

ぴったりと筋に沿うようにくっつけ、馴染《なじ》ませるように上下に動かした。

くちゅ、くちゅ、と小さな音を立てるそこ。

ジュリアスの指を欲するようにまた蜜を垂らす。

もう一本指を増やすと、今度は秘裂を割り開いてさらに動きを大きくして擦ってきた。

上に指を持ってくるとき、ついでとばかりに肉芽をピンと弾く。

最初何をされているか分からなくて、そこを弾かれるたびにどうしてこんなに気持ちいいのか混乱し、後ろ手にジュリアスの服を掴んで腰を浮かしていた。

「ここも気持ちよくなれる場所。ほら……ほら……ね？」

声に合わせて指が弾く。

そのたびに頭が真っ白になった。

「いやっ！　そこ、気持ちよく……あぁっ！　気持ちよくなりすぎちゃうから……宰相……かっかぁっ」

「そうだな……俺のことを『ジュリアス』と呼んでくれたら、次に移ってあげてもいいよ」

——そうじゃなきゃ、言うまでここをたっぷり虐めちゃおうかな。

耳を舐められながらいやらしい声で囁かれ、リズは何度も頷いた。

「ジュ、ジュリアス様！　ジュリアス様！　お願いします！　これ以上気持ちよくなったら……頭変になっちゃうっ」

「君に名前で呼ばれるの、思っていたよりクるな……。いいよ、次は中を触ろうか」

肉芽を虐めるのを止めてくれた彼は、蜜口をくちくちと揉《も》み込《こ》むように指を動かす。

中ということは、今度は膣《ちつ》を弄るのだろう。

先ほどジュリアスが言ったように、男性の屹立《きつりつ》が挿入《は》いるように。

その下準備をするために触るのだと、ジュリアスが教えてくれる。

これまで身体の表面部分を触れられてきたが、さすがに内側を弄られるとなると怯えが出て、唇を噛み締めた。

「怖い？」

二度ほど首を縦に振ると、ジュリアスはこめかみにキスをする。

「浅いところしか触らない。息が浅くなっているから、深く吸って」

どうしてだろう。

ジュリアスがこめかみにキスをしてくれると、緊張が解きほぐされていく。

彼の声色が優しくなるたびに、この身体を預けてもいいと思えてしまう。

冗談は言うけれど嘘は言わない。

本気で嫌だと言ったら止めてくれる。

そんな信頼感が、リズの中で生まれていた。

言われた通り、意識して大きく息を吸い、深く吐く。

強張《こわば》っていた身体がゆっくりと軽くなり、唇の震えもなくなっていった。

「……ふぅ……う……ンぁ……あぁ……」

指先が挿入っていく。

まるで蜜口に呑み込まれて行くように、第二関節まで沈んでいった。

「痛い？」

「大丈夫です」

「なら、動かすよ？」

「……ゆっくり」

「もちろん」

緩慢な動きで狭い穴の形をなぞる。

円を描きながら肉壁を指の腹で撫でつけて、じっくりとそこを広げるような動きをしばらく続ける。

痛くはないが、違和感が拭えない。

中を自分ではない誰かが勝手に弄る感覚に慣れなくて、ここも他の箇所と同じように気持ちよくなれるのだろうかと不安を持った。

そのときだった。ジュリアスが膣壁のある箇所を擦ってきたのは。

触れられたとき、明らかに感じた快楽に甘い声が出る。

「ここ?」

ジュリアスはそれを見逃すはずがない。

もっと気持ちよくなれるようにと、そこを執拗《しつよう》に攻めてくる。

トントンと指の腹で押し上げるように抉《えぐ》り、掴み始めた快楽を大きくしていった。

「あっ！　あぁっ……はぁン……ンン……ンぁ……あ……あぁ……」

感じて、奥から蜜が溢《あふ》れてくるのが分かる。

ジュリアスの指が肉壁を擦るたびに滲み出て、指が動くたびに卑猥な音が大きくなる。

自分の身体が彼の愛撫《あいぶ》を迎合するために反応しているかのよう。

性交で何故相手に触れるのか。

何故気持ちよくなる必要があるのか。

それが何となく分かったような気がした。

「腰が浮いてきている」

「……ごめんなさ……止まらなくて……ひぁぁっ」

「エッチだなぁ……」

耳に熱い吐息がかかる。

お尻に当たる彼の屹立が先ほどよりも硬く熱くなっていて、ジュリアスも一緒に高揚していっているのだと知りリズもますます止まらなくなった。

「このままイってみる?」

「イくってどういう……」

「頭が真っ白になってしまうほど気持ちよくなってしまうこと」

「そこまで、は」

「それが解除条件かもしれないよ?」

そう言われてしまうと、頷くほかなくなる。

というのを建前にして、リズは首を縦に振った。

本当は、下腹部で暴れている快楽をどうにかしてほしい。大きく膨れ上がって、突き上げるような衝動がずっとリズを苛《さいな》んでいた。

もしもイったら、それが解消されるのだろうか。

ジュリアスが言う通り、頭が真っ白になるくらいに気持ちよくなれるのであれば味わってこの疼きを昇華してほしかった。

「多分、中だけでは難しいだろうから……ここも一緒に」

もう片方の手の指が肉芽に触れる。

「そこは……！」

「両方で気持ちよくなろうね」

「あぁっ！」

宣言通り、中と外を同時に攻めて、リズに容赦ない快楽を与え始めた。

腰どころか、両足と両手に力が入り、子宮からせり上がってくる衝動が大きくなる。

快楽の波の間隔も短くなり、全身という全身がジュリアスに支配されていた。

「はぁ……あっ！　あぁ……あっあっ……ダメ……やぁっ！　あぁっ……こんなにされたら……おかしくなってしまいます……っ」

「俺におかしくなってしまっているところ、見せてよ。俺に気持ちよくされているところをもっと、もっと」

膣壁が蠢《うごめ》き、指を締め付ける。

肉芽もぷっくりと腫れあがり、リズの身体も媚びていた。

「顔を見せて。俺の顔を見てイって。お願い」

リズの顔を掴み、自分を向かせたジュリアスは、いつもの余裕のある顔をしていなかった。

眉根を寄せて、目をギラギラと輝かせて舌なめずりをして。

まるで猛獣のような欲を剥《む》き出しにした姿。

胸がキュンキュンと切なくなって、身体もそれに引っ張られた。

「はぁ……あぁ……あっ……あぁンっ！」

ゾクゾクゾクと背中に疼きが走ると、下腹部で渦巻いていた快楽の塊が一気に弾ける。

(……なに、これ)

何も考えられなくなり、ひたすら襲ってくる絶頂の波に身体を震わせる。

止めようと思っても止められない。

頭が真っ白になるという表現に間違いがない。

落ち着くまでは何も考えられなかった。

分かるのは、とんでもなく気持ちいいということだけ。

「……あー……キスしたい……」

リズの顔をじぃっと見つめながら、ジュリアスが呟く。

その声に「いいですよ」と言ってしまいたくなる自分がいた。

「……ぜんっぜん離れられないじゃないですか！」

「やっぱりあれだけじゃ無理だったか」

ジュリアスののんびりとした声が聞こえてきて、リズはキッと睨み付けた。

あのあと、魔法が解除できたか確かめるために彼から離れてみたのだが、二歩進んだところで身体が動かなくなった。

あそこまでしたのに！　とその場で膝を折り打ちひしがれる。

やはり挿入なしでというのは甘かったのかもしれない。

「そうなると、俺と挿入ありの性交をするしかないね」

長い脚を組みながらベッドの縁に座るジュリアスは、さぁどうしようかと聞いてくる。

ジュリアスはもうそれでもいいと決めているのだろう。

あとはリズ次第なのだが……。

「……ああいうことは……結婚相手とするべき、かと」

やはり、その先に進むことに躊躇《ためら》いを捨て切れなかった。

「分かっています。ちゃんと分かっています。この状況を早くどうにかしなくてはいけないし、そのためにはジュリアス様と、そ、挿入ありの性交をしなければならないってこと、分かっているのですが……」

「恋愛結婚を諦めきれない？」

ジュリアスにそう問われて、リズは頷いた。

これはリズが一生持ち続ける夢なのだ。

もし、恋愛できる人が現れなければ、独身のままでもいい。

そのくらい、リズにとって恋愛というのは重要なものだった。

「申し訳ございません、頑固で。本当に……」

俯《うつむ》き、自分の割り切りの悪さを謝罪する。

すると、頭上に影が落ち顔を上げると、いつの間にかジュリアスは目の前に来ていて、跪《ひざまず》いていた。

こちらを覗き込み、にこりと微笑む。

「俺と恋愛をしよう、リズ」

思わず飛び退き、ジュリアスから離れようとした。

当然、二歩以上離れられず動けなくなる。

「そして結婚しよう」

ジュリアスが二歩近づくたびに、リズも二歩下がる。

二歩、また二歩と。

「……む、無理です」

「俺と恋愛できれば性交できる。性交すれば結婚も同然」

「そうですけれど、宰相閣下とは無理です！」

畏れ多いし、苦手な人とは恋愛できるはずがない。

「さっき呼び方教えたのに忘れたようだね。君は覚えが早いはずだけど……どうしようか」

「聞いています？　無理ですから！」

「おやおや、やってみる前から無理とは、随分と弱気なものだ」

リズの背中が壁につき逃げ場がなくなる。

同時にジュリアスが壁に手を突いて、追い詰めてきた。

「恋愛のセオリーはまずは相手を口説くところからだ。だから、俺がリズを口説くよ。言葉も……身体も使って、ね」

「か、身体？」

「だって、使えるものはどんどん使っていかなきゃね。俺は狙ったものを手に入れるためには容赦はしない性質なんだ」

となると、またあんなに気持ちよくされてしまうのだろうか。

あんな乱れてはしたないことを口にして、見せたことがない自分を、見たことがないジュリアスを知る行為を。

（……またジュリアス様と）

先ほどの情事を思い出し、ボンと顔を真っ赤に染め上げたリズは混乱する。

もう心が追い付かない。

「……ちょっと時間をください」

「どうしようかな。迷っている間に一気に攻め込みたい気持ちもあるよね」

「でも、ほら、互いの結婚もかかっているわけですからね？　冷静にいきましょう」

「君を目の前にしたら冷静ではいられなくなるかな。だって、こんなに君の心がぐらぐらと揺れているんだ。逃す手はないだろう？」

バレている。

これまでとは違う意味でジュリアスに振り回されていることが。

「と、とにかく、これは私にとって大事なことです。だから慎重にいかせてください。明日他に打てる手を考えましょう」

今まで手っ取り早い手を取ろうとしていたが、他にも打てる手はあるかもしれない。

たとえば魔道具の専門の人に聞いてみたり本で調べてみたりといろいろあるのに失念していた。

「分かった。一旦はそうしてみよう」

ジュリアスも賛同してくれてホッと胸を撫で下ろす。

彼もできることなら結婚まではいきたくないのではないだろうか。

ならばリズだって、リスクの多い手は取りたくない。

「でも、勘違いしないでほしい。俺は魔法を解除するためだけに君と結婚したいわけでも、まして や性交をしたいわけではないからね」

「え……？」

だから必死になっているのではないのかと首を傾げた。

「もし、性交なしで解除できても、俺はリズを口説くよ。好きになってもらって結婚もする」

「ど、どうして」

「君の味を知ってしまったからか、もう自分を止められなくなってしまったみたいだ」

ジュリアスの顔が近づき、唇が触れる直前で止まる。

「好きだよ、リズ。いつか君にキスを許される立場になりたい」

目を見開き、息をするのも忘れてジュリアスの顔を見つめた。

必死に彼の中に揶揄いや茶化《ちゃか》しを見つけようとしたが、どこにも見えない。

「……好き？」

「そう」

「嘘、ですよね？　冗談？　この場の雰囲気で言ってしまったりとか……」

本気ではないでしょう？　と問うが彼は首を横に振ってくれない。

むしろ、ちゃんと聞いてと諭されるように親指の腹で下唇を撫でられた。

「俺の『好き』は重いよ。おいそれと口に出せないくらいにね。でも、そのくらい本気で君に惚れているってことだ」

今まで見たことがないほど真摯な顔で、ぞくりと震えてしまうほどに怖かった。

いずれ、この人の本気に呑み込まれてしまいそうな、そんな予感がする。

「俺としてはこの幸運でしかない状況を存分に利用していきたいな」

(は、早く何とかしなくちゃ……！)

リズは目の前で嬉しそうにするその人を見つめながら、心の中で決意をした。


「……解除方法が、ない？」

「はい。これは最近出始めた違法の魔道具でして、どこでつくられているか、どこから流れてきているかもまだ解明されていません。そもそも私も実物を見たのは、宰相閣下の物と含めてもふたつで……」

翌日、さっそく魔道具の専門家に話を聞きに行くと、すぐに無理だと返された。

昔からあるものならいざ知らず、最新のものはある程度解体して調べないと分からないらしい。

「ただ、ひとつだけ言えるのは、その魔道具が提示している解除方法に従うよりほかはないということです。ここに紋様がありますでしょう？」

ここ、と指された腕輪の箇所を、リズとジュリアスは注視する。

何と書いているか分からないが、文字のようなものが並んでいた。

「これは禁呪のひとつです。これを刻まれた魔道具は、何をしてもその効能に従うしかありません。それだけ拘束力の強い魔法がかけられているということですね」

専門家が話せば話すほどリズは絶望していく。

ジュリアス曰《いわ》く、この魔道具はある人物から渡されたもので、違法のものではないか調べてくれと言われたらしい。

「ある人とは誰ですか?」

「それは内緒。匿名でという話だったからね」

人差し指を唇に押し当てる姿が、憎たらしいくらいに似合っていて腹が立つ。

立場上、匿名を希望された場合、それに従うのが普通だ。

それを分かっているリズは、これをジュリアスに渡した相手を知りたかったが、追及するのを諦めた。

「この禁呪を解く方法は解明されているのか?」

「いいえ。強制的に解除できる術がないので『禁呪』と呼ばれています」

決して刻んではいけない呪として、専門家や職人たちの間にも認識されていた。

だからこそ、打つ手はないのだと言う。

「こう……昔の文献とか、そういうものに解呪のヒントなどは書いてあったりしないのですか?」

「まさか。あったら、我々も泣いて喜ぶくらいです。ときおり、禁呪が刻み込まれた魔道具の被害に遭ってどうにかしてくれと泣きつかれて困っているくらいですから」

今の自分たちがまさにその状態だ。

「ちなみに、つけてから一日誰とも接触しなければ自然に解除されるとありますが……」

「リズの方から飛び込んできてくれた」

そう言ってジュリアスはリズの手を握り、専門家に見せつけるように掲げた。

すぐに自分の手を取り返し、一歩横に逸れて距離を取る。

「まぁ、明け透けなことを言えば、おふたりが性交すればすぐに解けます。けれど、この手の禁呪は目的がなかなか達成されないと、ペナルティを課すことが多いです」

また新たな情報が出てきて、リズは緊張を走らせた。

これ以上に大変なことが訪れるのかと怖くなる。

「ペナルティとはどんなものなのかな?」

「魔道具によって違いますし、紋様からは読み取れませんね。ペナルティ自体ない場合もありますし、詳しいことは何とも」

「そうか。ペナルティは魔道具をつけたものに課される認識でいいか?」

「はい。おそらくそうなるでしょう」

もし、このまま拒否し続ければジュリアスに何かが起きるかもしれない。

そう思ったら、やはり意地を張らずに受け入れた方がいいのだろうか。

リズは不安に思いながらジュリアスを見上げる。

「心配しなくていい。そうなった場合は、また対処を考えるから。だから、このことで結論を早まらなくていいよ。俺自身に対して答えを出してほしいからね」

「……はい」

リズが何を考えてしまったのか勘付いてしまったのだろう。

すさかずフォローを入れてきたジュリアスに、リズは戸惑いながらも頷く。

「忘れたのか？　君を巻き込んだのは俺だ。ここまでの苦労を強いているのも俺。だから、そのくらいのペナルティがあってもいいくらいだ」

彼は周りに聞こえないように耳元で囁いてきた。

またそんな言い方をして、リズに罪悪感を持たせないようにしている。

憎らしい気遣いだが、おかげでリズの中で渦巻き始めていた不安が小さくなった。

「これ以上ご協力できることはなさそうです。申し訳ございません」

「そうか。いや、こちらこそ手間を取らせたな。話を聞かせてくれてありがとう」

何度も頭を下げてくる専門家にお礼を言い、ふたりは外に出た。

「無理だって」

「……そうですね」

「これはもうやっぱり俺と恋愛をするしかないね」

「……うぅっ」

徐々にジュリアスと恋愛するしかなくなっていく。

彼に好きだと言われたが、正直いまだに信じられないし呑み込めない。

けれども、簡単にそれを口にする人ではないと知っている。

ジュリアス自身も言っていた。自分の『好き』は重いのだと。

だから、それなりの覚悟を持った言葉だし本心なのだろうが、口説かれるとなるとどうしたらいいか分からない。

この歩く美の化身と恋人に？

何を考えているかよく読めない人と、一生を添い遂げる夫婦に？

自分たちがいちゃいちゃしている姿を想像してみたが、まったく頭に浮かんでこなかった。

代わりに浮かんできたのが昨夜ジュリアスに身体を触られた場面で、一気に体温が上がってしまったが。

（……丁寧に扱ってくれていた）

ジュリアスの手つき、怯えるリズにこれから何をするのか教えてくれたところとか、こめかみにキスをして宥めてくれたこと、ダメと言ったことはしなかったこと。

意地悪なことを言うけれど、行動には優しさと誠実さが現れていた。

『……あー……キスしたい……』

あのときの切実な声。必死に我慢して歪む顔。

彼がどれほど自分の欲を抑えてくれているのが分かり、リズは不覚にもときめいてしまった。

そんなに求めてくれているのかとか、あんな顔もできたのかと知らないジュリアスに戸惑い、それが嫌ではないと感じている自分がいる。

「どちらにせよ、一日仕事に行かないといけないな。君もそうだろう？　ヒューゴ殿下に事情を説明しないと」

「はい」

さて、魔道具のことを説明するにしても、どう言ったらいいものか。

一晩中考えたが、上手い理由が思い浮かばなかった。

ヒューゴに魔道具のことを話した瞬間、解除する方法はないのかという話になる。彼のことだ、親身になって考えてくれるだろう。

けれども、性交しかないと言った途端にどんな空気が流れるのか。

考えただけでも恐ろしい。

「じゃあ、これ、俺の左手に巻いてくれる？」

差し出された包帯に首を傾げる。

「どうするのですか？　これで」

意図が読めなくて聞くと、ジュリアスはにっこりと微笑んだ。

「昨日、リズが俺のところに書類を届けに来てくれたとき、ぶつかってしまったね。リズが倒れそうになったところを助けたら、左手を痛めてしまったんだ。これではペンを握れないので、リズに助けたお礼も兼ねて俺の左手の代わりをしてもらいたいと思ってね。まずはリズの上司である貴方に許可をもらいに来た」

先ほど包帯でぐるぐる巻きにした左をヒューゴに見せつけながら、ジュリアスは本当のことかのように話す。

リズが巻いた包帯はあまりにも不格好で、ジュリアスに似つかわしくないが、彼はこれでいいと言って譲らなかった。

毎日巻いてね、なんて言って、満足そうにするのだ。

その姿を見てむず痒い心地になった。

ともあれ、ヒューゴには魔道具のことは話さず、リズが怪我《けが》を負わせてその責任を取らせるために仕事中はジュリアスのもとに置くということにしたようだ。

それを提案されたとき安心した。

同時に、よくそんな言い訳が思いつくなと感心したが。

ヒューゴは眉間に皺をつくり、訝《いぶか》しむような顔でジュリアスの話を静かに聞いていたが、不意にこちらを見てくる。

「リズ、今の話は本当か？　こいつに上手く言い包まれたり、脅されていたりするんじゃないか？」

「言いすぎですよ、ヒューゴ殿下。さすがの俺でもそこまで悪逆非道なことはしませんよ」

心外ですと悲しい顔をするジュリアスを、胡散臭《うさんくさ》そうに見るヒューゴに苦笑いを浮かべてしまった。

「本当です。脅されたり、言いくるめられたり……はあるかもしれませんが、私自身で決めたことですから。ご迷惑をおかけしますが、どうにかお願いできませんでしょうか。自分の分は屋敷に持ち帰ってしますので」

「そこまでしなくてもいい。お前が抜けるのは痛いが、あいつらが補ってくれるだろう」

「ありがとうございます」

そこら辺は上手く調整するので気にしなくていいと言ってくれたので、リズは内心酷く安堵《あんど》した。

もちろん、迷惑をかけた分は騒動が収まったあとに挽回《ばんかい》していかなければならないが。

「では、心置きなくリズを借りていきます。期間は……そうだなぁ、十日くらいを見込んでくだされば。まぁ、場合によってはもっと早まるかもしれませんが」

ジュリアスがちらりとこちらに意味深な視線を向ける。

もしかして、これはあと十日でリズを陥落するという宣言ではないだろうか。

それだけの自信が彼にあるということだろうかと、リズはウっと言葉を詰まらせた。

「失礼いたします、ヒューゴ殿下」

ふたりでお辞儀をし、ヒューゴに背を向ける。

「ジュリアス」

彼がジュリアスの名前を呼んだために振り返ると、その瞬間、ヒューゴがこちらに向かって何かを投げつけてきた。

「え！」

重そうな文鎮が飛んでくる。

しかもかなりの速さで。

驚いてその場で固まっていると、ジュリアスが文鎮を掴んでぶつかるのを阻止してくれた。

だが、それを見てヒューゴがにやりと笑う。

「あ」

ジュリアスも間抜けな声を出して、自分の手を見つめた。

「怪我をしたはずの左手はちゃんと使えるようだな、ジュリアス」

咄嗟《とっさ》に利き手を使ってしまったのだろう。

投げられた文鎮はジュリアスの左手に収まっていて、先ほどの説明が嘘だと証明されてしまった。

「リズを守るために痛みを押して掴んだのです」

「その割にはまったく痛がっていないが？」

「今、飛び上がりそうなほどの痛みを我慢しているところです」

胡乱《うろん》な目をヒューゴが向けてくる。

もうバレていると言わんばかりだ。

さしものジュリアスも観念したように、左手をプラプラと振ってみせた。

「どうしてバレたんです？」

「勘だ。お前が利き手に怪我を負っただけで他の人間に頼るたまか」

「はぁ……大人しく騙《だま》されてくれていればいいものを……」

顔を歪めて大きな溜息を吐くジュリアスと、そんな彼を睨み付けるヒューゴを見て、リズは思わず息を呑んだ。

どうしよう。

嘘を吐いたことをどう説明すればいいのかと、背中に冷たい汗が流れる。

「リズ。お前がこの状況を説明しろ。何故こいつの嘘に加担したのか。そこまでして何がした

した。

　これは魔道具のことを説明するしかないと腹を括《くく》り、ジュリアスと離れなくなったことを話
「……はい」

かったのかを」

「話は分かったが、それで何故嘘を吐いた。最初からそう言えばいいだろう。一緒に解除方法を見つけられるかもしれないのに」

　そういうときは多くの人手を使って調べた方がいいだろう？　と率直な疑問をぶつけられて、リズは肩を竦《すく》めて俯く。

（うぅ～……ヒューゴ殿下に説明しづらい……）

　彼が純粋な気持ちからそう言ってくれているのが分かるから、なおのこと言いづらい。

　でも、話さなければ納得してくれないだろうと、葛藤する。

「無粋ですね、殿下は。これは違法の恋愛用ツールです。恋人や夫婦仲を深めるために離れられなくするのですよ。それを考えれば、最終的に何を目的にするか、分かるでしょう」

「……な、なるほどな」

　リズが困っているのを察して、ジュリアスが遠回しに説明をしてくれた。

　ヒューゴもそれだけで何故嘘を吐いたのか理由を察して、すまなかったと謝ってきた。

「それしか解除の方法はないのか」

「専門家に聞いてきましたが、無理だと言われてしまいました」

シュンと肩を落とすと、ヒューゴが慌てた様子で慰めてくれる。

「お、落ち込むな。たしかに大変な状況だが、なんとかなる。そうだ、腕輪がついているジュリアスの手を斬り落としてしまえばいいのではないか？」

「リズのためなら利き手を捧《ささ》げてもかまわないよ。もちろん、その分の見返りはもらうことになるけれど、リズが望むなら腕のひとつくらい……」

「殿下、密《ひそ》かに混乱して変なことを口走らないでください！　ジュリアス様もそれに乗って適当なことを言わなくでください！」

まったくこの人たちは何を考えているのだ。

先ほどまでリズが混乱していたのに、一気に冷静になってくる。

「……すまない。だが、真面目な話、そういう理由ならば、早く解除して戻って来いとは言えないな。じっくり考えた上でどうするか決めた方がいい」

特にリズの場合は一生を左右することなのだからと、ヒューゴが気遣う言葉をくれた。

こちらは気にする必要はないと。

「心配するな。どれだけ時間がかかっても、お前の席はそのままにしておく」

「けれど、殿下が大事なときにお役に立てないのは心苦しいです」

「役に立てないことはないぞ。ジュリアスを懐柔《かいじゅう》できる方法を探ってくれ。それにあいつの側にいれば、必然的にいろんな情報が入ってくるだろうしな。お前も学ぶいい機会だ」

これを不運だと思わず、いい機会だと思えるようにした方がいい。

ヒューゴのその一言に心が軽くなる。

「他の奴《やつ》らには、ジュリアスに怪我をさせたからその責任を取っていると言っておこう。これはここだけの話だ」

「そうしてくださるとありがたいです」

ヒューゴの言葉に感動していると、後ろからぬっと手が伸びてくる。

「たとえ魔法が解除されても、リズがここに戻ってくるとは限らないですよ？」

リズを後ろから抱きしめてきて、何故かそんなことを言い始めた。

「いえ、私は戻ってきますが」

「そう言っていられるのは今のうちかもね。もしかすると、俺の仕事する姿に惚れ込んで一緒に働きたいと思うかもしれない」

この人は何を言っているんだと呆れていると、ヒューゴがそれに応戦してくる。

「俺がそんなことを許すはずがないだろう。リズは俺の側近としてこれからも働く。今は一時的に仕方なくそっちに行っているだけだ」

「そのうち、『仕方なく』じゃなくなるかもしれませんね」

「やっぱり私のところがいいと言われて、泣きべそをかくお前を見るのが楽しみだな」

リズを挟んで不毛な応酬を繰り広げるふたりを見て溜息を吐く。

「……もう行きましょう、ジュリアス様。ヒューゴ殿下、何かあればご連絡ください。失礼いたします」

抱き着いたままのジュリアスを引き連れて、リズはヒューゴの執務室をあとにした。


ジュリアスの側近であるヘイデンには、最初から魔道具で離れられなくなったと話した。

万が一、機密事項の話し合いの場を設けたいと言われたとき、その場でリズを退場させるということができないので、事前に彼にスケジュールや来訪者の管理をしてもらう必要があった。

ヘイデンはリズとジュリアスの顔を交互に見て、しばし考え込んだのち大きく頷く。

「委細承知いたしました。今後のことはこのヘイデンめにお任せください。おふたりの邪魔は決してさせません」

そう張り切って言ってくれたのだが、引っ掛かる言葉があった。

「ヘイデンさん、私たちのことを誤解していませんか？」

「そうかな？　俺はそうは思わないけれど」

絶対に恋仲、もしくはそれに近い状態だと勘違いされているのに、ジュリアスはすっとぼけて訂正するつもりはないようだ。

そのうちそうなるのだから問題ないでしょう？　と言われているかのよう。

「でも、本当に仕事の調整はヘイデンに任せていい。俺たちが離れられないと悟られないように取り計らってくれるさ」

その言葉通りヘイデンは上手く調整してくれて、ジュリアスに謁見する人数を極力減らしてくれたようだ。

今日はひっきりなしで人がやってくる予定だったんだけどね、とジュリアスが笑いながら教えてくれたが、ほとんど事務処理で終わらせることができる。

代わりにヘイデンが対応してくれているようで、相手の話を聞いてそれを書類にまとめ、ジュリアスが読んだあとに指示を出して、改めてヘイデンが伝えるという手順を踏んでやっていた。

おかげでヘイデンは終始忙しそうで、リズは申し訳なくなる。

それに、いつもは顔を緩めて締まりのない顔をしているジュリアスは、仕事のときばかりは真面目な顔を崩さない。

ヘイデンと話しているときの姿、書類を読んでいる横顔、長い髪が書類にかからないように耳にかける仕草。

目に毒とはまさにこのことだ。

リズはあまり見ないように、自分の書類に目を通した。

もちろん、リズも暇を持て余しているわけではない。

ジュリアスの執務机の隣に机を用意してもらい、自分が担当していた仕事を持ち込んだり、次の草案を作るために資料を読み込んだりしている。

時にはヘイデンの手伝いで資料整理をしたりもしていて、この状態でも十分に仕事はできていた。

(それにしても、本当にこの人、仕事の処理能力が高いのね)

分かっていたことだが、ジュリアスの仕事ぶりを間近で見ると圧倒される。

おそらく、この人は記憶力がいい。

一度言われたこと、読んだものはすぐに覚えて忘れないようだ。

ヘイデンと話していても、そのことはどの資料に書いているか、いつ誰と話したかを詳細に覚えて指示を出すのだ。

それが正確に言い当てるのだから思わず感心してしまう。

加えて文章を読むスピードも常人の倍以上速い。

速読というやつだろうか。

草案を確認してもらっているときも、あまりにも次から次へとページをめくるので本当に読んでいるのかと毎回疑っていたが、しっかりと頭に入っているらしい。

入力速度が速くかつ出力も正確となれば、学園で秀才と謳《うた》われていたことも、若くして宰相を任されている理由も分かるというものだ。

（こんな完璧な人が、私のどこを好きになったというの？）

彼の凄さを実感するたびに、委縮してしまう。

もし結婚してもジュリアスに釣り合う妻になれる自信がない。

分かっている。

こんなにも頑《かたく》なに彼と恋愛するのを拒んでいるのは、色恋に関して自分に自信がないからだ。

勉強や仕事は努力すればなんとかなる部分は多い。

けれどもジュリアスに見合う女性になるというのは、努力ばかりではどうにもならないだろう。

それこそ生まれ変わらないと、彼と並んでも遜色ないほどの美は持てないし、家柄も釣り合わない。

能力も足元にも及ばないことが多いだろう。

何より、リズではジュリアスを本当の意味で理解してあげられないかもしれない。

何を考えているか分からないと苦手意識を持ち、彼の言葉の意図をよく読み取れないリズでは彼に苦労をかけてしまうかも。

いや、それよりも、ジュリアスに……とここまで考えてハタと気付く。

（……これじゃあ、ジュリアス様に見合う女性になれたら恋愛したいって思っているみたいでは）

いやいや、そんなことはないと首を軽く横に振り、先ほどの考えを追い払った。

（……いつも以上に疲れた）

仕事が終わり、今日もジュリアスの屋敷に泊まることになる。

いい加減この状況を両親に話さなければと思いつつも、周りから結婚だと囃《はや》し立《た》てられたくなかった。

数日は仕事が忙しくてという嘘で切り抜けることができるだろうが、いつまでもつことか。

馬車に乗っていると、ジュリアスが声をかけてくれる。

「疲れた顔をしているね。慣れない場所での仕事だったたから？」

「そうですね。正直疲れました」

「今夜はゆっくりと休もう。昨日はまったく眠れなかったんだろう？」

寝たふりをしていたけれど、ジュリアスにはバレてしまっていたようだ。

さすがにあのあとで熟睡できるほどの神経は持ち合わせていなかった。

「大丈夫。今夜は何もしないから。もちろん、元気になったら遠慮はしないけれど」

こんなに元気になるのが怖いことがあるだろうか。

遠慮しないということは、もっと奥まで暴かれるのだろうか。トロトロに蕩《とろ》かされて、わけが分からなくされてしまうのか。

昨夜から身体がおかしい。

ジュリアスの感覚を思い出すだけで、肌の下に甘い疼きが走るようになってしまった。

いや、身体だけではなく心もおかしいのかもしれない。

ずっとジュリアスのことばかり考えている。

彼との過去のこと、未来のこと、現在のこと。

「ジュリアス様は本当に凄い人ですね」

「どうしたの？　突然」

「いえ、今日一日を思い起こしていたら、ずっとジュリアス様の仕事する姿に圧倒されていたなと思いまして」

「惚れた？」

そう問われて、リズは彼から目を逸らして俯く。

「いえ、委縮してしまいました。もし結婚したとしても、私なんかがジュリアス様と釣り合うのかと」

「俺が君がいいと言っているのに？　他人の目を気にするの？」

「他人の目もそうですけれど、一番気にするのは、自分の力のなさです」

おそらくそれが苦しいのだ。

ジュリアスといると自分の無力さを思い知らされる気がする。

「結婚とは伴侶の人生を背負うものだと私なりに解釈しています。自分の人生だけではなく、相手の人生にも責任を持っていくことではないかと」

だからこそ、リズは恋愛結婚をしたかった。

心から責任を背負ってもいいと思える相手を見つけたいから。

「私が教師に虐げられていたとき、ジュリアス様は救ってくださった。学園自体も。でも、ジュリアス様が危機に陥ったとき、私は貴方を救えるでしょうか。……私は、大きすぎる貴方の人生を一緒に背負えるでしょうか」

――もし、途中でジュリアスがリズでは不十分だと思い始めたら？

結婚を後悔させることになったらと、昼間に頭をよぎった考えが甦《よみがえ》ってきた。

「凄いな。そこまで俺のことを考えてくれるなんて。それはもう愛じゃない？」

「……あの、私、真面目に言っているのですが」

「分かっているよ。でも、どんな意図があったとしても今の言葉に愛があるなと思ったんだ」

茶化しているわけではないと分かり、一瞬湧き出た怒りが萎《しぼ》んでいく。

「それだけ真剣に俺とのことを考えてくれたんだろう？　俺と同等のものを与えられるだろうか、守れるだろうかと考えたから怖くなった。そこには男女の愛でなくとも、人間愛があったはずだ」

「でも、結婚するとなったら、皆そこまで考えませんか？　この人と一生を共にするとしたらと。どう一緒に歩んでいくのかと」

そういうものだと思っていたが違うのだろうかと素直に疑問をぶつけると、ジュリアスは寂しそうな笑みを浮かべた。

「……皆はどうかな」

だが、すぐ元に戻り、いつものジュリアスの笑みに戻る。

「たしかに、君と同じような危機に俺が陥ったとき、君は何もできないかもしれない。力が及ばないかもしれない。だが、それは表面上の話だ」

自分の胸に手を置き、ジュリアスは大事そうにその上で拳を握った。

「でも、心は救っている。リズの存在が俺の心を救ってくれている。リズがいるなら、こんな世の中でも捨てたもんじゃないなって思える」

「……何で、そこまで……」

リズを思ってくれるのだろう。

何もしていない。

そこまでの理由になれることなんかした覚えはない。

逆に助けてもらってばかりだ。リズがジュリアスに何を与えられたのだろう。

「そうだなぁ。君が俺と結婚するって決めてくれたら、教えてあげるよ」

「今は教えてくれないのですか?」

「俺の秘密だからね。簡単に教えてあげないよ」

ジュリアスはいつも一番知りたい答えを教えてくれない。

狡《ずる》い人だ。

「さっきのリズの問いだけれど、俺はリズの人生を背負うつもりでいるよ。そうさせてもらえたら嬉しいって。俺を君の人生の半分にしてもらいたいって」

……本当に狡い人だ。

こんなに心を揺さぶる言葉をくれるのだから。

何となく馬車の窓から外を覗き、空に浮かぶ十六夜《いざよい》の月を見つめる。

（……私にも背負えると思える日がくるかな）

目頭が熱くなって、グッと目に力を込めた。


その夜は前日の寝不足もあり、ベッドに潜ると隣にジュリアスがいるのにも関わらずぐっすりと眠ることができた。

深い眠りの中で夢を見た。

『大丈夫？』

教師に頭を押さえ付けられて無理矢理サインを書かされているときに助けてくれた、ジュリアスの姿。

その顔を見てホッとして、『大丈夫じゃないです』と泣き崩れる夢だった。

騎士のように格好良く教師を倒したジュリアスにリズは抱き着きながらお礼を言い、「このお礼はいつか必ずします！」と何度も言う。

ジュリアスが笑って「もういいよ」と言うまで、夢の中のリズは彼に「今度は私が助けますから」と言い続けていた。

目が覚めたとき、随分と変な夢を見たものだと我ながら笑ってしまった。

窓を見れば、カーテンから朝陽が漏れている。

そろそろ起きる時間だ。

「ジュリアス様、おはようございます。もう起きる時間ではないですか？」

まだ隣で眠っているジュリアスに声をかけるも、まったく反応を見せない。

昨日はこの時間には動き出していたのに。

やはり何だかんだ彼も疲れていたのだろうか。リズと同じで寝不足だったのかもしれない。

「ジュリアス様」

寝かせてあげたいけれど、今日も仕事だ。

起こしてあげなければと、彼の身体を揺さぶった。

「……うー……」

すると、顔を顰めたジュリアスは毛布を引き寄せて、蓑虫《みのむし》のように包《くる》まり丸まってしまう。

「あ、あの、そろそろ起きないと……」

「……うぅ……まだ眠い……起きるの……無理……」

掠《かす》れたたどたどしい声で、起きたくないと言ってきた。

それを聞いたリズは固まり、自分の目と耳を疑ってしまった。

(……何、この可愛い姿は)

まるで子どものように駄々《だだ》をこねている。

もしかして朝が弱いのだろうかと、試しにもう一度揺さぶってみた。

「……まだ、起きたくない……眠らせて……」

(やだ！　可愛い！)

やはり間違いではなかったと感動のあまり心の中で叫んでしまった。

少々性格に難があるものの、他に文句のつけないほどの完璧な人かと思っていたが、まさかこんなに朝が弱いなんて。

そのギャップに心が鷲掴《わしづか》みにされて、ときめいてしまう。

「……何ニヤニヤしているの」

寝ぼけ眼でリズを見るジュリアスは、不思議そうに首を傾げた。

「……まぁ……リズが楽しそうだったら……なんでもいいやぁ……」

そう言って再び毛布の中に潜り込もうとする彼を引き留めて、無理矢理起こす。

ベッドから起き上がったあとも眠気が取れないらしく、身体をふらふらと揺らしながらぼーっとしていた。

歩いても調度品や壁にぶつかってしまうので、手を引いて導いてあげる。

すると、握った手を見つめて、ジュリアスがふわりと微笑む。

「リズに助けてもらったね。ありがとう」

たとえばこんなところから始めればいいのかもしれない。

少しだけ答えが見えてきて、リズはジュリアスの手をギュッと握り締めた。

第三章

ジュリアスの執務室で仕事をするようになって三日。

ようやく心の余裕もでき、仕事も自分のペースでできるようになってきた。

自分でも新たな草案の提案書を作り、いつでも職場復帰できるように準備をする。

しかも、ここにある資料は、使っていいのか聞いてもらえれば自由に使ってもいいと言われたので、それが大いに役立っていった。

実は、ずっとスザンナと進めている草案があるのだが、それがなかなか形にならず苦労している。

何とか実現させたいと必死になる彼女の姿を見て、リズも賛同して協力していたのだが、今もそれは継続中だ。

ここにいる間にどうにかその手助けになるようなものを発見できればいいのだけれどと、リズはいろんな資料を手に取った。

「申し訳ございません、閣下。どうしても通せとおっしゃいまして」

ふとヘイデンの声を聞こえてきてそちらを見る。

すると、彼は神妙な顔をし、ジュリアスに頭を下げていた。

「構わない。あの人はそういうところは融通が利かないから」

これまでヘイデンがジュリアスへの謁見を制限しているため、誰も執務室の中に入ってくることはなかった。

ジュリアスが会わないと言えば、ほとんどの人間が日を改めますと言って去っていくだろう。

だが、そんなことお構いなしに押しかけ、かつジュリアスにここまで言わせる人物。

リズは何となく誰がやってきたのか察しがついて、内心動揺した。

「私、どこかに隠れていた方がいいですか？　机の下などに……」

「いや、あの人は下手に隠すと無理矢理にでも暴こうとするから止めた方がいい。俺が謁見を制限していることを知っている以上、何が何でも理由を見つけようとするだろうからね」

その方が面倒だからと言われて納得する。

下手に隠れるのはやめて大人しく自分の椅子に着席した。

「こんにちは、エリーアス殿下」

予想した通りの人物が執務室に入ってきて、リズは密かに息を呑む。

ヒューゴの腹違いの兄であり競争相手である彼は、見れば見るほど正反対の容姿をしている。

本当に兄弟なのかと疑うほどにまったく違うのだ。

エリーアスが色白で金髪の貴公子然とした容姿であるのに対して、ヒューゴは褐色の肌に銀髪で軍人のようにがっちりとした体形と凛々《りり》しい顔立ちをしている。

性格も同様、質実剛健なヒューゴと怜悧狡猾《れいりこうかつ》なエリーアスと全く違う。

「お前が私と会うのを拒否するなんて何ごとかと思ったが、意外と元気ではないか」

「見てくださいよ。利き手に怪我を負ってなかなか仕事が大変でして」

「そんなことで私と会うのを断ったのか？　私も暇がない中わざわざ足を運んできてやっているんだ、そのくらいの怪我、我慢しないか」

側近を三人ほど引き連れたエリーアスは、ツカツカと迷いなくジュリアスの机の前までやって来ると、不機嫌な顔で睥睨《へいげい》してきた。

断られたことに腹を立てたのか、出会い頭から嫌味《いやみ》な言葉が飛んでくる。

それに動じず答えているジュリアスもなかなかなものだが。

「貴方は煩わされるのがお嫌いでしょう？　俺としては気を遣ったつもりでしたが余計でしたね。申し訳ございませんでした」

「まぁいい。お前も大変そうだからな。……それで、そこの君はここに何をしているんだ」

急に矛先がこっちに回ってきて、リズは慌てて椅子から立ち上がる。

「ヒューゴ殿下の政策担当官をしております、リズ・ゼーフェリンクです」

礼を取り自己紹介をすると、エリーアスは嘲笑に似た笑みを浮かべた。

「あぁ、覚えているよ。よぉくね」

エリーアスから滲み出る敵意にリズはたじろぐ。

ねっとりとした含みを持たせた言い方に居心地の悪さを覚えた。

「それでここで何を？　早くあいつのところに戻った方がいいのではないか？」

どうすればいいのだろうと考えていると、横からジュリアスが口を挟んできた。

「彼女をヒューゴ殿下からお借りしているんです。彼女のせいで怪我を負ってしまったので、責任を取って俺の手の代わりをしてもらっています。だから、勝手に帰さないでください」

「ほう……責任、ねぇ」

エリーアスがリズの顔をじっくりと見つめ。クックックッと笑ってくる。

蛇に睨みつけられたような心地に陥り、リズは固まってしまった。

「なら、ここでこれから私が提出する草案を見て、しっかりと勉強しなさい。まぁ、君が勉強したところで、あいつのもとでいいものが作れるとは思えないがな」

小馬鹿にした笑いをエリーアスが浮かべると、続いて彼の側近も陰湿な笑いを出していた。

「不出来な者が何人集まって知恵を出しても、不出来なものしかできあがらない。その分、私の側近は優秀な者ばかりだ。お前たちの案とは格が違うだろう」

その違いを目に焼き付けておきなさいと言い、エリーアスはジュリアスの草案をまとめた書類を渡していた。

彼らの話を聞いている間、悔しくて持っているペンを握り潰しそうになる。

自分を馬鹿にされたことに怒っているのではない。

ヒューゴや側近仲間を馬鹿にされたことに、目の前が真っ赤になるほどにはらわたが煮えくり返っていた。

だが、ここで言い返して騒ぎを起こしても意味がない。

リズがやらかしたことへの責任はすべてヒューゴに行ってしまうだろう。

エリーアスなら喜んで部下の不始末はお前が取るべきだと責めるはずだ。

軽率な行動は周りに迷惑をかけてしまう。

仕事に集中をして余計な怒りを持たないように努めた。

一方で、エリーアスの言う通り、彼らの出す草案はどれも素晴らしいものだった。

悔しいが勉強になるし、着眼点も問題提起もそれに対する対策方法もちゃんと踏まえていて、貴族受けもしやすい。

ヒューゴの場合、平民の暮らしに寄り添ったものが多い。

草案を練るのがリズ以外は平民出身であることも要因としてあげられるだろう。

それでもどれをジュリアスのもとに持っていくかを決定するのはヒューゴ自身だ。彼もまた、そういった方面の改革を望んでいるのだろう。

だが、それは貴族で構成されていた議会ではなかなか通りづらい。

平民に寄り添うとなるとどこかで貴族側がしわ寄せを食らうことになる。それを嫌って何かと理由をつけて突っぱねることがほとんどだ。

ジュリアスも分かっているので、見る目も厳しくなるのだろう。

少しでも綻びがあれば、そこから突かれて通るものも通らなくなる。

それでも方向性を変えないのは、ヒューゴが何をしたいかが明確だからだ。

王になるためだけにつくる案と、国民のことを思ってつくる案。

そこに明確な違いがあるし、リズはやはり後者の方がいいと思う。

「では、こちらを次回の議会に通しましょう」

そうこうしているうちにジュリアスの確認が終わり、エリーアスの草案は議会に出す許可を得たようだった。

仕方がないと思いつつも複雑な気分だ。

「大丈夫かい？」

「……え？」

エリーアスが帰ったあとも無心で仕事をしていると、ジュリアスがこちらの顔を覗き込んできた。

一瞬何を言われているか分からなくて聞き返したが、彼がもう一度「大丈夫？」と繰り返してくれたので、恥じ入りながら「大丈夫です」と答えた。

「昼休憩に入った。行きたいところがあるから付き合ってくれないか」

「分かりました」

いつの間にかそんな時間になっていたらしい。

リズはすぐに準備をして、ジュリアスのあとをついていく。

すると、辿《たど》り着《つ》いたのはいつもの場所。

いつぞや不倫現場をのぞき見したところだった。

「ここで何を？」

「んー……、ちょっと疲れたから静かな場所で休憩したかったんだ。君もそうだろう？」

たしかに疲れたかもしれない。

ジュリアスの言う通り、少しここで心を落ち着けた方がいいかもしれないと、窓に近づいていった。

「どうぞ」

彼が座るようにと指したのは、出窓の木枠の部分に腰をかけたジュリアスの隣。

周りを見渡してもそこ以外に落ち着ける場所がなさそうなので、大人しくそこに腰を下ろす。

「ねぇ、抱きしめてもいい？」

座った途端にジュリアスにそんなことを言われて、リズはギョッとして彼から最大限の距離を取った。

そのためにここに連れてきたのかと、疑いの目を向ける。

「疲れたときとかストレスを感じたときに、抱き締めるとそれが和らぐと教わったことがある。随分と昔に、母に」

幼い頃に疲れたり怒ったりしたときに、母親がぎゅっと抱きしめてくれたのだという。

「『どうしていちいち抱き締めるの？　口で言えば分かるよ』って言ったら、『こうやって抱き締めたら、言葉よりも効くのよ』って教えてもらった」

数少ない、ジュリアスの思い出話。

彼がそれを大事にしているのは、話を聞いていれば分かった。

「本当に効果があるか、リズも試してみない？　さっきので随分とストレスを溜《た》めただろう？」

両手を広げてどうぞと受け入れ態勢を取られる。

リズはそれをじぃっと見つめたあと、思い切って彼の腕の中に飛び込んだ。

こちらが一方的に抱き締められるのは癪《しゃく》なので、リズも彼の背中に手を回して力を入れる。

すると、ジュリアスの胸から鼓動の音が聞こえてきた。

少し速い、力強い音。

「どう？　効果ある？」

「……はい。あります」

緊張している、この人が。

リズと抱き合っているだけで心音を乱して、でもそれを悟らせないように振る舞っている。

その姿にいじらしさを感じずにいられなかった。

さらに先ほどの感傷的な言葉に人間味を感じる。

ジュリアスもエリーアスと話していて疲れたのだろうか。それともリズへの気遣いなのか。

どちらにせよ、たしかに言葉で慰められるよりもこちらの方がスッと身体の力が抜けて心も軽くなった。

「私、もっと頑張ります。ヒューゴ殿下のために、いえ、この国のためによりよい草案を出せるように。もっともっと努力します」

「リズが考えた草案は、ヒューゴ殿下の志に沿ったいいものだ。それにこの国をよりいいものに導こうとする強い意志を感じる。俺も落とすのが惜しいといつも思っているよ」

「でも、手加減をしてくださらないのですよね」

「そうだね。そこはもう仕事だから」

残念に思いながらも、やはりこの人は公私を分ける人なのだと安堵する。

「今は我慢を強いられるときだ。苦しくて投げ出したくなるときがあったとしても、自分を信じてほしい。今持っている信念を曲げないで、リズ」

祈りのように聞こえた。

そんなリズであってほしいと乞うような声だと。

「曲げません。だって私は『真っ直ぐなリズ』ですから」

「そうだね」

ジュリアスが勝手につけたあだ名だが、案外気に入っている。

エリーアスのような人に悪意をぶつけられても、負けずに地に足をつけて立っていたい。

「ジュリアス様も疲れやストレス、軽減されました？」

「すっかり元気だよ」

ジュリアスがリズの肩口に頭を乗せて頬擦《ほおず》りしてくる。

甘えられているように思えて、もっと背中を撫でてあげたくなった。

「あ……誰か来た」

窓の下に目を向けたジュリアスが声を上げる。

不倫現場になるくらいだ、密会するのにうってつけの場所だと有名なのだろう。

今日も男女がやってきて、いちゃいちゃしていた。

「また不倫でしょうか」

「いや、あのふたりは独り身同士だ。職場恋愛というものだろうね」

「お知り合いですか？」

「ううん。城で働いている人間の名前と顔とその他諸々《もろもろ》を把握しているだけ」

だけってさらりと言っているが、結構凄いことではないだろうか。

この人の記憶の容量は一体どのくらいなのだろう。

（……あ……キス……）

手を繋《つな》いでいただけの男女の顔が自然と近づきキスをしていた。

あそこに行くと皆キスをしたくなるのだろうか。それとも誰にも見られない外の空間は、興奮を高めてしまうのか。

（もし、私もジュリアス様とあそこに行ったら……キスをしたくなるのかしら……）

ジュリアスの形のいい唇を見て、今キスをしているふたりと自分たちの姿を重ねる。

まだ彼はリズとキスをしたいと思ってくれているのだろうか。

もし、このままキスをしたら、自分たちはどうなってしまうのか。

リズの気持ちは一体。

「リズ？」

どうした？　とジュリアスに声をかけられて、さらに鼓動が高鳴る。

先ほど聞いた彼の心臓と音と同じくらいの速さ。

「……キス、してみたくなった？」

以前もここで聞かれた。

キスしてみたくなった？　と揶揄うように。

そのときはすぐにそれを拒否していたけれど、今回はなかなか言葉が出てこない。

頭の中で巡っているのは否定の言葉ではなく、躊躇《ためら》いとそれを押し切ろうとする声。

「……私、は」

どうしよう。

したいという気持ちが止まらない。

もしこれがただの好奇心ならば、馬鹿なことをするなと自分で自分を律していただろう。

けれどもこの感情はもっと違う、ジュリアス自身に向けられたもの。

――もしかして、これは。

ジュリアスの顔がこちらに近づいてくる。

角度をつけて、ゆっくりと。

リズは目を閉じて、それを待った。

ところが、彼の唇が触れたのはリズの頬。

左頬にキスを落として、ちゅ……と音を立てて離れていく。

目を開いたときに見えたのは、嬉しそうなジュリアスの笑み。

顔に熱が灯《とも》り、リズは勢いよく立ち上がった。

「そ、そろそろ戻りましょうか！」

こんなところでいったい何をしようとしていたのだろうと、今さらながらに己の大胆さが恥ずかしくなった。

しかもてっきり唇にキスをされるものだと思い、それを待ち構えるように目を閉じるとは自意識が過剰ではないか。

居た堪《たま》れなくなって、すぐにここを離れようとした。

ところが、ジュリアスの胸の上に置いていた手が離れない。

「……え？」

強く引っ張ってみたが、まったく動かない。

「……離れません」

顔面を青くして呟くと、ジュリアスがリズの右手首を掴んで引っ張る。

すると簡単に離れていった。

「離れたよ？」

ふたりでホッとし、リズはどうしてさっきは離れなかったのだろうと首を傾げる。

気のせいかと思い直し、ジュリアスにお礼を言う。

「ありがとうございます。もう大丈夫ですよ」

「今度は俺の手が離れなくなった」

（どういうこと⁉）

混乱に陥りながら、ふたりであれやこれやと試してみる。

検証の結果、これまでは二歩以上離れられないという制限がかかっていたが、今度は完全にくっついて離れられなくなった。

「……つまり、俺たちは本当に離れられなくなってしまったようだな」

「そのようです……」

身体の一部のどこかを相手の身体にくっつけておけば、他の部分は自由らしいが、それでもジュリアスにくっついていなければならない。

「これは魔道具のペナルティというやつか」

「……そのようです」

魔道具をよくよく見ると新たに紋様が刻まれていた。もしかするとここにペナルティの内容が書かれているのかもしれない。

いつまでも性交をしないリズたちに科された魔道具の罰。

どんなものか分からないと言っていたが、まさか完全に離れられなくなるとは。

「いよいよ困ったな……」

これまでは二歩という距離に救われてきた。

それなのに、ぴったりとくっ付いていなければならないとなると、生活に支障をきたすどころの話ではない。

どうしよう。

リズの頭にそればかりが巡る。

「とりあえず、今日は早めに帰ろう。仕事も急ぎのものはないから、抜けても問題ないだろう」

「……はい」

物置部屋を出て、執務室に戻って事情をヘイデンに説明し、屋敷に向かう馬車に乗り込んだ。

その間、ずっとジュリアスの肘の部分に触れていた。

屋敷に戻り、ジュリアスの部屋に入ると、リズはグッと手を握り締める。

呼吸も浅くなり、緊張で眩暈《めまい》がしてきそうだ。

瞬《まば》きの回数も少なくなって、汗もかいていた。

「リズ、大丈夫？　少し落ち着こう。落ち着いてふたりでどうするか話し合おう」

「……ます」

「うん？」

「……私……私、します！　ジュリアス様と性交を！　します！」

今だ！　と勢いをつけてしまったので思った以上に声が大きくなったが、ようやく言えたと達成感を覚えた。

完全に離れられなくなったと判明したとき、リズは覚悟を決めたのだ。

もう、ジュリアスに恋をしてしまっていたのだろう。

彼とキスをしてもいいと思った時点で、もう異性として意識してしまっているということ。

さらにその先まで進んでもいいと思えるほどに心を許している。

これは恋ではないだろうか。

「リズ、俺は前にも言ったように、手に入れられるものは何としてでも手に入れる男だ。遠慮はしない。もしも、君がやはり一時の気の迷いだったと言っても、止めてやらない」

ジュリアスの声が硬い。

顔も真剣でこちらに向けてくる目が怖いくらいだ。

「それでも俺に『好き』って言う？」

おそらく、リズに説いているのだろう。

それは軽々しく言ってはいけないものだが、それなりの覚悟があるのか？　と。

リズも同じように真剣な顔を返す。

「自分の人生には自分が責任を持つ。これを信念に掲げている私にそれを聞いていますか？」

きっかけはたしかにあのペナルティだ。

だが、『じゃあ、仕方がない』という気持ちで決めたわけではないのだ。

あれが最後のひと押しになっただけのこと。

ジュリアスの肘に触れていたリズの手を取り、指を絡めて握り締める。

「なら、俺の人生も一緒に責任をとってくれるということ？」

彼の手が熱い。

それに気付いて、リズはくすりと微笑む。

「私、ジュリアス様が苦手でした。完璧で隙がない。いつも笑みを浮かべていて喜怒哀楽を悟らせないいし、何を考えているか読ませないくせに、こっちを振り回す。私にはまったく理解ができない人で、苦手意識を持っていたんです」

「俺が苦手なんだなってことは見ていて分かっていたよ。それでも、構わず君にちょっかいをかけていたけれど」

「困っていました。……でも、どこかでそれを嬉しく思っていたのかもしれません。さり気ないところに憎たらしさを感じつつも、そんな貴方に憧れたり」

でも、そんな自分から必死に目を逸らそうとしていた。

そうでなければ、ジュリアスに溺れそうになるからだ。

――きっとこの人は、誰にも本気にならない人だろうから。

だから、叶わぬものに身を焦がすくらいなら、惹《ひ》かれてしまう前に壁を作ってしまえと。

「離れられなくなって一緒にいて、改めてジュリアス様の狡さも優しいところも、人間らしい姿も知って、徐々に苦手意識が薄れていって……」

そんなときにジュリアスから好きだと言われた。

薄れていった壁がそれでまた分厚くなってしまったけれど、それでも彼が壊してくれたのだ。

「ひとりの人間として、ジュリアス様のことが好きだと思ったのです。むしろ、私は魔道具の事故に遭って幸運だったのかもしれません。おかげで自分の気持ちに気付けたのですから」

不幸な事故ではない。

ジュリアスという人とじっくり向き合う時間を作ってくれたのだ。

きっとこんなことがなければ、『恋愛結婚をしたいから』と言って自分に制御をかけていただろうから。

「俺が好き？」

ジュリアスが問う。

「好きです」

真っ直ぐに答えると、ジュリアスは泣きそうな顔をしてリズの肩に自分の頭を乗せた。

「俺も好きだよ、リズ。大好きだ」

掠れた声が、少し泣きそうな声が彼の心を剥き出しにした言葉であるということを教えてくれた。

「さっそくだけど、キスをしてもいい？　ちゃんと君にキスを許される存在になれたのかをたしかめたい」

「なら、目を閉じてくださいますか？」

そうリズが言うと、ジュリアスは眼鏡を外しすぐに目を閉じた。

（綺麗な顔）

この人がこんな無防備になるのは、リズの前だけかもしれない。

目を閉じて大人しくしている姿も、寝ぼけて上手く歩けない姿も、さらに言えば隣で眠る姿もリズしか見られないのだろう。

そんな特別感をくれるジュリアスに顔を近づけた。

つま先で立って、たどたどしいキスを彼の唇に落とす。

ジュリアスの唇の熱さを自分の唇で感じて、心が震えた。

「可愛らしいキスだね」

「初心者にはこれが精一杯です」

「でも、嬉しい。初めてのキスをリズからしてくれたことに意味があるから」

ここまで迷惑をかけて待たせてしまったのだ、そのくらいの心意気を見せるべきだろうと思い自分からキスをしたのだが、思っていた以上に喜んでもらえて満更でもなかった。

「じゃあ、今度は俺から」

そう告げられた途端に彼はリズの腰を抱き寄せて、噛《か》み付くようなキスをしてきた。

リズの幼稚なものなんかすべて塗りつぶすような、そんな獰猛《どうもう》なキス。

初心者だと言っているのに、まったく手加減してくれない。

「……ぅン……ふぅ……んン……んっ」

ぴったりと隙間なくくっつけてきた唇は、まるでリズの吐息すらも奪ってしまいそうなほどに深い。

舌も口内に侵入し、好き勝手に動き回る。

頬の内側や歯列、舌、上顎とすみずみまで舐っていった。

以前、ジュリアスに身体に触れられたときのことを思い出す。

彼の手がいたるところを探るように動き回り、リズの肌の下に疼きを与えていった。

今もそう。彼の舌が、唇がリズに新たな甘い疼きを与えようとしてくる。

「可愛いなぁ。小さな口で懸命にキスに応えて……夢中になって……」

そう言いながら、ジュリアスは薄っすらと目を開けて、リズの顔をじっくりと見つめてきた。

まるで彼の言う「夢中になっている姿」を堪能するためだろう。

黒い瞳が余すことなく見つめて、視線だけでリズの官能を徐々に高めていっていた。

また頭が真っ白になってしまうような快楽がもたらされ、はしたない姿を見せてしまう。そんな予感を覚え、背中をぞくりと震わせる。

好きなようにさせていると、ジュリアスの目が、唇が舌が、指先がリズの身体に官能を教え込むように愛でていた。

唇を離し、目をとろんと蕩けさせているリズの顔をジュリアスが覗き込む。

「今日は、挿入ありの性交をしてもいい？」

魔道具の魔法を解いてしまうのは少し寂しい気もするけれど、想いが通じ合った今はもうこれに頼らなくてもいい。

「……その前に、身体を清めてもいいですか？　さすがに仕事から帰ってきたばかりですし」

だからこそ、一日の汗と疲れまみれの身体をジュリアスに見せるのは憚《はばか》られた。

「でも今日は衝立で隠れられないし、交互に入ることは難しいだろうね」

「そうですね……」

そこはもう割り切っている。

ジュリアスに触れていなければならないのだ、目隠しだけではどうにもならないだろう。

「だから一緒に入ろう。俺がリズの身体を洗ってあげる」

「洗うところまではさすがに……」

一緒の浴槽に入るのはいいとして、さすがに洗われるのはまだ抵抗がある。

ところが、彼はリズの身体を抱き上げて「そんなことを言わないで」と言いながら浴室に運んでいった。

恥ずかしがるリズを宥めつつ、服を脱がせて浴槽に一緒に入ることに成功したジュリアスは、海綿を片手にやる気満々になっていた。

彼に背中を見せる形で身体を小さくしながら浴槽に座るリズは、もうどうにでもなれと諦める。

「背中から洗っていくよ」

泡をつけた海綿で背中を擦られ、思わず身体に力が入った。

背の筋を撫で、肩甲骨に沿って海綿を滑らせて、お尻の上まで洗われる。

脇腹や脇の下までそれが伸び、きわどいところを擦ると反応してしまった。

胸の下に手を潜り込ませ、ときおり海綿ではなく指先で柔肌を撫でつけられ、胸の高鳴りと子宮の疼きが強まる。

手つきが卑猥だ。

意識せずにはいられないが、ジュリアスもまたそれを狙っているのだろう。

お湯の温度だけでも十分身体があったまっているのに、さらに熱くなる。

「……ンは……あぁ……ぁ……っ」

「ほら、もっとこっちによりかかって」

引き寄せられ、ジュリアスに上半身を預けるような形になった。

海綿を持つ手ともう片方の手は、リズの胸の丸みをなぞっていく。

泡のおかげで滑りがよくなった肌を撫でつけて、あの夜の熱さを甦らせていった。

「もうここが硬くなってきたね」

ほら、と摘まんで見せたのは胸の頂。

白い泡からひょっこりとピンク色のそれが顔を出して、存在を主張していた。

「ちょっと触っただけでこんなになるなんて、これから何をされるか身体も覚えているんだね。可愛くて健気《けなげ》な身体だ」

「……ひぅ……ンん……んぁ……あぁ……」

乳首をぐりぐりと虐められて、リズの腰が浮く。

泡のぬめりがあるので、摩擦は少ないものの指が滑っていく感触がまた違った快楽を与えてきた。

頭が痺《しび》れる。

はしたない声が絶え間なく出て、我慢しようにもできない。

だから手で口を塞ごうとしたのだが、それをジュリアスに咎《とが》められた。

「やぁっ……うぅンっ……やっ……そんなにつよく……あぁっ！」

「ダメだよ、口を塞いじゃ。今日は我慢せずにちゃんと俺に聞かせて」

ぎゅうっと乳首を摘まんで敏感にさせ、そこを人差し指の腹で強く擦る。

まるで神経を直接撫でられているかと思うくらいに気持ちいい。

リズは言われたとおりに口を塞ぐのをやめ、彼が望むように浴室に甘い声を響かせた。

子宮が切ない。

もうこれだけでイってしまいそうなくらいの衝動が襲ってくるけれども、そこに至るまでにはまだ刺激が足りない。

肉芽が刺激を欲しがるように熟れ、秘所の奥から蜜が滴る。

膝を擦り合わせてそのもどかしさを解消していると、ジュリアスは小さく笑い秘所に手を伸ばしてきた。

「こっちもほしいんだ？」

意地悪く聞かれ、そこまでほしがりだと思われるのも恥ずかしくて黙りこくる。

「なら、俺が触りたいから触るね」

どちらにせよ触るつもりだったのだろう。

乳首と同じように硬くしこった肉芽を指の腹でグリグリと虐めてきた。

「あぁっ！　あっ！　あぁンっ！」

また腰が浮き、お湯がちゃぷちゃぷと波音を立てる。

先ほど物足りないと思っていたが、期待を上回る以上のものが襲ってきて一気に高みに上がっていった。

上がった先にあるのは、怖いくらいの快楽。

それを再び味わいたいような、でもやめてほしいようなどちらともつかない心が揺れ動き、縋るようにジュリアスの腕に縋《すが》り付いた。

「……ジュリアス……さまぁ……」

媚びた声で助けを求めると、彼はこめかみにキスをしてくる。

「一度達しておこうか。今日はリズの中を奥まで触るから、最初のうちに気持ちよくなっていた方がいい」

ジュリアスはそう告げると、強制的にリズを高みに上げる動きをした。

乳首と肉芽、両方を同時に攻めて容赦ない快楽を与え続ける。

「あっ！　あぁっ！　ンぁあっ！　イっちゃ……う……ひぁっ……イってしまいます……っ」

「あぁ……イって」

ビクビクと腰が震え、あっという間に達してしまう。

頭が真っ白になって、何も考えられない。

波のようにやってくる余韻に酔いしれて、リズはジュリアスの腕の中で身体を震わせていた。

それを見て、彼は愛《いと》おしそうにこめかみや頬、首筋に唇を落とす。

唇の感触すらも刺激になって、リズは小さく喘《あえ》いだ。

「身体も清められたことだし、ベッドに行こう」

再び抱き上げられ、軽く身体をリネンで拭かれるとそのまま寝室に連れて行かれる。

その間、ぐったりとして身体が思うように動かない。

自分で歩けますと言いたいところだが、言い出せないくらいに足元が覚束《おぼつか》ない感じが凄い。

ベッドに寝かせられると、ジュリアスはサイドテーブルに置いてあった水差しから水をグラスに注ぎ、口の中に含む。

そのまま飲むかと思いきや、リズに口移しで流し込んできた。

それを二、三回繰り返し、最後に自分でも水を飲むとベッドに乗ってくる。

リズの顔のすぐ横に手を置き、ぽーっとしているさまを見て彼は愛おしそうに微笑んだ。

「今日はたくさん気持ちよくなろうね、リズ。手加減はしないから」

リズの両脚を大きく広げたジュリアスは、秘所に顔を近づけてじっくりと見つめてきた。

「……いや……そんなに見ないで……」

恥ずかしさに思わず手で隠そうとしたが、ジュリアスに掴まれて阻まれてしまう。

「近づかないとよく見えないよ？　ほら、眼鏡もしていないから……ね？」

そう言って秘裂に指を這わせてきたジュリアスは、そこを割り開いて中からとろりと零《こぼ》れてきた蜜をすくう。

蜜に塗れた指を蜜口に擦りつけ、ゆっくりと中に挿入していくと、感じたことがある異物感にリズは身体をこわばらせた。

小さな穴を優しく丁寧に開いていく。

焦れて無理強いをすることなく、根気強くじっくりと。

指の腹で肉壁を撫でつけて広げていく。その際、蜜を絡ませて引き攣《つ》れたような痛みが生じないようにとしてくれているようだった。

一方、リズもどうにかそれを受け入れようと必死になる。

怖いからといって力んでもいけないし、怯えてもいけない。

ジュリアスを信じてこの奥を明け渡さなければと、空気を大きく吸ってゆっくりと吐いた。

「そんなに俺を受け入れようと気負わないで。大丈夫。俺が君の身体の力を抜いてあげるから」

大丈夫だよ、とこめかみにキスをしたジュリアスは、肉芽を親指で弄ってきた。

そして噛み締めているリズの唇を解放するように唇にキスをし、舌をねじ込む。

上手く舌を受け入れられなくて、軽く彼の舌を噛《か》んでしまった。

「……あ……ご、ごめんなさ……」

「ふふふ……怯えた子猫みたいで可愛い。ごめんね、性急すぎたかな？　ほら、口の中も可愛がってあげるから開けて」

今度は言われた通りにすると、肉厚の舌が口の中が蹂躙《じゅうりん》してきた。

「このまま口とココに集中して」

ココとツンツンと肉芽を突かれ、びくりと肩を震わせる。

中の違和感を快楽でかき消すためだろう。おかげで身体の力が抜けて行き、変に意識をしなくても彼の指を受け入れやすくなった。

「上手に呑み込んでいくね。前回は一本だけだったけど、今日は三本咥《くわ》え込めるようになろう。俺のものが挿入るようにね」

一本目を根元まで呑み込むと、次にもう一本指を増やされる。

ぐるりと円を描くように馴染ませて、リズの気持ちいい箇所をぐりぐりと虐めてきた。

「ふぅ……うぅン……んっ……あぁっ……ひぁ……イって、……しまいます……また……あぁっ！」

「うん。中がヒクヒクして指を締め付けてきている。いいよ、ほら……イって」

「あぁうっ！」

快楽が初めて腰が跳ねる。

四肢に力が入って痙攣《けいれん》が止まらず、頭が覚束ない感覚が続いた。

「気持ちよかったね、リズ」

余韻が引かずに小さく喘ぐリズをキスで宥めてきたジュリアスは、ヒクつく膣壁を軽く撫でつけた。

「さぁ、次は三本目だ。もっと気持ちよくなろうね」

「……あ……そんな……」

またイかせられたら本当にどうなってしまうか分からない。

これがジュリアスを受け入れるためだと理解できているけれど、こんなにぐずぐずに蕩かされたら身体がもたなくなるだろう。

許しを乞うように彼の腕を掴む。

「ごめんね。でも、やっぱり乱れた君が見たいんだ。俺に気持ちよくされるリズが見たい。見せて、お願い」

「んンっ！」

三本目の指を受け入れたそこは、めいいっぱいに広がる。

受け入れやすいようにリズの脚を大きく開けたジュリアスは、指を大きく動かし始めた。

蜜がぐちゅ、ぐちゅと音を立ててかき回される。

肉壁が蠢き、腰に甘い疼きが流れ込んではまた絶頂へ導いていく。

目の前が明滅し、突き上げる衝動が強くなれば強くなるほどに思考が奪われていった。

「……あぁ……また……んぁっ……あぁぁンっ！」

ぷしゅ、と蜜が勢いよく溢れ、ジュリアスの手と内股を穢す。

一瞬頭が真っ白になって気をやってしまうが、すぐに彼がキスで引き戻してくれた。

「……ぁ……あぁ……ぅン……」

（……キス……気持ちいい……）

うっとりとしてもうこのまま滅茶苦茶《めちゃくちゃ》にされたいと思ってしまった。

このままジュリアスにすべてを奪われてもいいと、心を明け渡してしまいたいとすら。

彼の強引な部分が、頑ななリズを蕩かしていく。

いつもだったら警戒して意地を張ってその手を撥《は》ね付けるだろう。

けれども、一旦素直になるとこんなにも心地いいのだと知った。
あの日、あのとき、ジュリアスに助けられなかったら今のリズはいない。
また会おうねと言った彼。
また会えたねと言ってくれた彼。
本当は嬉しかった。
感じたことがない胸の高鳴りがリズの体温を上げ、恋の入り口に立たせてきたのだ。
それでもずっとそこで踏みとどまっていたのは、きっと怖かったからだろう。
恋愛をしたいと口で言っておきながら、自分の気持ちを認められなかったから。
でも、その恐怖をこうやってジュリアスが解いてくれた。
手を貸してくれて、――愛してくれて。
「愛しているよ、リズ」
惜しみなく気持ちを注ぎ込んでくれる彼が、どうしようもなく愛おしい。
ジュリアスがそそり立って硬くなった屹立をリズの秘裂に添えて、上下に擦る。
「挿入れるよ」
リズがこくりと頷くと、彼は穂先をゆっくりと潜り込ませてきた。
「……ふぅ……ンぅ……ぁ……あっ」
大きなものが自分の中を開いていく。

隘路《あいろ》をジュリアスの屹立の形に広げて、奥へ奥へと進んだ。

蜜のおかげであまり抵抗なく呑み込んでいくが、それでも圧迫感が凄い。小さく呻き、肉壁が硬いもので擦られる感覚に背中を震わせた。

根元まで咥え込むことができると、ジュリアスは一旦動きを止める。

リズの顔を見て、へにょりと眉尻を下げた。

どうしたのだろうと首を傾げると、彼はリズをぎゅっと抱き締める。

「……なんか、凄い……リズが、俺のことを受け入れてくれている……」

「……それはもちろん、貴方を愛しているから……」

「うん。だから、それに感動している。俺が愛されたいと願った人に、こうやって愛されていることが奇跡だって思って……」

たしかに癖のある人だが、ジュリアスならば愛してくれる人は他にもいるだろう。結婚したいと望んでくれる令嬢だってたくさんいたはず。

むしろ、ジュリアスがリズを選んでくれたことの方が奇跡ではないだろうか。

愛されたいと願ってくれたことがいまでも信じられない。

「……だから最初に謝っておくね。もう止められないかもしれない」

「……え？　……あっ……あぁンっ！」

上体を起こしたジュリアスはにこりと微笑んで、腰を大きく引いてそして打ち付けてきた。

子宮口を思い切り押し上げられて、リズは大きく喘ぐ。

穂先で気持ちのいい部分を抉り、最奥まで貫いた彼はまた同じように攻めてきた。

何度も腰を打ち付けリズを揺さぶる。

彼の屹立が挿入っても出ていっても気持ちよくなり、腰から頭まで快楽がほとばしっていった。

「あっあっ……あぁっ……あぁン……あぁっ！」

何度もイかされていたリズの身体は、もっとほしいとジュリアスに媚びている。

肉壁が屹立に絡み付き、締め付けては扱《しご》いていった。

気持ちがいい。

ジュリアスと繋がれることに、こんなに幸せを感じるなんて知らなかった。

最初は自分の中をかき回されることが怖くて、はしたなく乱れてしまうことに抵抗を持っていたのに、今はもうジュリアスに愛されることに悦《よろこ》びを覚えている。

「ジュリアス様……ひぁ……あっ……あぁっ……ジュリアス様ぁ……」

「あぁ……困ったな……君がこんなに可愛らしく俺を求めてくれると思わなかった」

彼の上ずった声が聞こえてきて、リズの心はきゅんと切なくなった。

同時に子宮も啼いて屹立を締め上げ、さらに彼を追い込む。

大きく肌がぶつかり合う音が聞こえてきて部屋の中に響き渡っている。

リズもうはしたない声を止めることができず、感じるがままに声を出していた。

トン、トン、と子宮口を突かれ、ビクビクと腰を震わせる。

限界はあっという間にやってきた。

「もうイきそう?」

ジュリアスの問いに、リズは無言で何度も頷く。

もっと我慢したかったのに、彼が容赦なく気持ちよくしてくるからどうしようもない。リズには抗うすべもなかった。

けれども、またひとりで気持ちよくなってしまうのは嫌だ。

ジュリアスも一緒に気持ちよくなってほしい。

性交というのはそういうものだと教えてもらったのだからと、リズはベッドに突いていたジュリアスの手首に触れる。

自分の顔のすぐ横にあったそれに縋るように頬擦りした。

「……ジュリアス様も……ちゃんと……気持ちよくなれていますか?」

一方的に気持ちよくされているだけではないかと聞くと、ジュリアスは汗で湿った前髪を掻《か》き上《あ》げてにやりと笑う。

それがいつものようなものではなく、雄の雰囲気を纏わせたものでどきりとする。

欲の炎を滾《たぎ》らせ、それを発散するかのようにリズの腰をがっちりと抱き上げてガツガツと攻めてきた。

「あぁ、もちろん気持ちいいよ。気持ちよすぎて頭も腰も蕩けそう」

「ひぁっ！　あぁっ！　あっ！　んンぁっ！」

「一緒にイこう、リズ。俺と一緒に」

触れていた手を取り、指を絡めて繋いできた。

こんなことをしなくても魔法で離れられないというのに、それでも繋がれる箇所は繋がっていたいと貪欲に互いを求め合う。

どうせくっつくのであれば、互いの境界線が分からなくなってしまうくらいに融《と》け合えばいいのに。

もう本当に離れられなくなればいいのに。

この時ばかりはそう願う。

もし、このあと魔法が解除されて離れて暮らすことができるようになったとしても、心だけはしっかりと繋がっていたいと願うのだろう。

だから、こうやって愛を確かめ合うのだ。

互いを貪り合ってぬくもりを交換して、絆《きずな》を育む。

ジュリアスとこれからもそうやっていけるのだろうか。

いや、そうやって一緒に生きていきたい。

「……あぁっ……はぁン……あっあぅ……イっちゃう……ひぁっ」

「……リズ……俺も……」

ぎゅっと握り締めた手に力を入れて、リズは一気に快楽を弾けさせた。

同時にジュリアスも達し、白濁の液を中に注ぐ。

びゅくびゅくと勢いよく吐き出されたそれは、何回も分けてリズを穢した。

脈打つそれを感じながら幸せに浸る。

「リズ」

愛おしそうに名前を呼びキスをしてきた彼は、ねっとりと舌を絡ませてきた。

いまだ身体の中で燻《くすぶ》る余韻をくすぐるように、じっくりと。

「……魔法が解けても離れたくない。朝起きても、仕事をしている間も、屋敷に帰っても君が隣にいる幸せを手放したくないんだ」

なんて殊勝なことを。

普段のリズならそのくらいの憎まれ口をたたいていたかもしれない。

だが、そんな余裕がないほどにリズの心も離れてしまうことに寂しさを覚えている。

元の生活に戻れることは嬉しいが、一方で物悲しさを感じてしまうのだ。


——ところが。

「魔法、解除されましたでしょうか」

少し落ち着いたあとにジュリアスに聞くと、彼は魔道具をつけている手を掲げて外してみる。

「……取れない」

「……え？」

どうして！　と思わず叫ぶ。

ジュリアスに触れていなくても大丈夫になったのだから、魔法は解けているはず。ならば、魔道具だって取れるはずだ。

それなのに取れないということは、完全に解除されていないということなのか。

ためしにリズが魔道具を引っ張ってみたが、たしかにびくともしない。

まだ解除されていないということなのか。

「もしかしてこれもペナルティか？」

目的が早めに達成されない場合に科せられる罰。

二歩という距離がなくなるだけではなく、他にも何かあるのだろうか。

「専門家の方にまたお話を聞きに行きましょうか」

「その方がいいかもしれないな」

もうずっと一緒にいることはないのだとしんみりしていたのにと拍子抜けしてしまったが、どうやらこの騒動はまだまだ終わりそうにないと心のどこかでホッとした自分がいた。

翌日、何故魔道具が取れないのか、ジュリアスが専門家に話を聞きにいったところ、これもやはりペナルティではないかと話されたと言う。

離れなくなったときと同じように新たに紋様が刻み込まれ、ペナルティの内容が書かれていた。

専門家曰く、性交し解除したあとも、しばらく性交を重ねなければ完全には解けないとのこと。

もし、それが果たされなければ魔法は復活すること。

その話を聞いたあとに執務室に戻ってきたジュリアスは、さっそくリズに報告してくれたのだが、まさかの結果に開いた口が塞がらなかった。

「……ということは、これからも」

「性交しなければならないということだな」

ギギギと彼の方を見ると、にこりと美しい笑みを向けられた。

「俺たち、もう結婚するのだから、問題ないだろう？」

「そ、そうですけど……」

でも、あれをまたこの短期間に何回もしなければならないとなると、リズも躊躇いを持つ。

「ですけど？　あれ？　何か問題があるのかな？」

「ええと……その……ジュリアス様との性交はあまりにも気持ちよすぎるので……そんなに短期間で何回もしたら、こ、壊れちゃうんじゃないかって……」

「へぇ……そんなに気持ちよかったんだ」

ニヤニヤとするジュリアスを見て、しまった、随分と大胆なことを言ってしまったと己の失態に気付いた。

「で、ですので、しばらくはそういうのを、遠慮願いたく……」

そろりそろりと後退すると、すぐさまジュリアスの手が腰に回りグイっと引き寄せられる。

「逃がさないよ。俺たちは離れられないんだからね」

第四章

「……結婚?」

目の前で驚愕《きょうがく》の表情を浮かべる家族を見て、リズは居た堪れなくなった。

「はい。リズと結婚します。本日はその許可をもらいに来ました」

ジュリアスが、緊張するでもなく肩身を狭そうにするでもなく堂々とした様子でいるものだから、なおのこと気まずい。

仕事で忙しい娘がようやく屋敷に帰ってきたと思ったら、男を連れてきて、しかも結婚をすると言うのだ。

気が動転しても仕方がないだろう。

「な……なにをいって……君、いや、閣下、その……娘と?　え?　ほ、本当に?　ですか?」

父は上手く話せず、相手の立場や自分の立場を忘れてジュリアスに掴みかかりそうになりながらも、ハッと冷静になって手を下ろしたりと、どうしたらいいのか分からない様子だった。

そんな父を宥めながら母がスッと前に出てくる。

「初めまして、宰相閣下。主人に代わってお聞きいたします。リズと結婚するというのは本気なのですね？　だから、ここに来られたと受け取ってもよろしいでしょうか」

「もちろんです。ゼーフェリンク夫人」

「なら、リズがここ数日仕事で忙しいと帰ってこなかったのも、閣下が関係しているのでしょうか」

母が鋭い目を向けると、ジュリアスは深々と頭を下げた。

「それについても説明をさせていただきます。ですが、これだけは覚えておいてください。決して軽率な考えで結婚を決めたわけではないということを」

ジュリアスのその姿に父もようやく頭に上った血が下がっていき、母の隣に並ぶ。

「聞かせてください」

リズもジュリアスの隣で頭を下げた。

実は、まだ魔法が解除されていないと分かった時点で、改めてリズの家族に結婚の挨拶をしようという話になり、リズはジュリアスと一緒に久しぶりに屋敷に帰っていた。

両親には、表向きで使っていた「リズがジュリアスに怪我をさせてしまい、その償いをしている」という話を利用して説明していた。

一緒にいるうちに愛が芽生えて、結婚を決めたのだと。

屋敷に帰ってこられなかったのは、すべてジュリアスの仕事を手伝うためであり、国を動かす仕事をこなすにはそのくらいしないと無理だったのだと。

「……事情は分かった」

父は頭を抱えながら、リズたちの身に起きたことを噛《か》み砕《くだ》いて理解してくれたようだ。

それでも、父親としては複雑なのだろう。

寂しそうな顔でリズを見つめてくる。

「これはお前が願っていた恋愛結婚だと考えてもいいのか？」

ずっと他の令嬢とは違う道を歩んできていた娘だ。

結婚も恋愛をしてからなんて夢見がちなことを言って、きっと心配をかけたはず。それでもリズの言葉を信じて背中を押してくれた。

そんな両親が最初にリズに問うのが、『お前が望んだ形の結婚なのか』ということ。

暗にジュリアスに無理強いされたわけではないのかと、彼を睨み付けて窺ってもいた。

それで、両親がどれほどリズを大切に思ってくれているかが分かる。

「ええ、大丈夫よ。実際、ジュリアス様にそれをお話しして、私の気持ちが追い付くまで待ってもらっていたから」

間違いなくジュリアスに恋をして結婚を決めたのだと言うと、両親はホッとした顔をした。

本当のことを言うべきなのかもしれない。

だが、魔道具のこと、まだ完全に魔法が解除されないことを言ってしまうと余計な心配をかけてしまう。

これ以上、両親に心労を与えるようなことはできなかった。

ジュリアスもそれには賛同してくれて、リズの両親のことはリズが一番分かっているだろうからと言いつつも、「もし、バレてしまっても大丈夫だよ」と微笑む。

『俺は口が上手いからね』

そんなことを言いつつも、いざというときすべて泥をかぶるつもりでいるのだろう。

まったく、この人は、責任を半分と話をしても簡単に背負わせてくれない。

あまりにも器が大きすぎて、ひとりで軽々しく持ててしまうのかもしれないが。

「なら、具体的な結婚の話をしていかなければいけませんね。宰相閣下のお父様のレントリヒ公爵にもご挨拶を……」

「父は体調が思わしくなく、領地にて療養中ですので、俺の方から子爵の気持ちをお伝えしておきます」

「そうですか……。公爵がお身体を。宰相閣下もさぞかし心配でしょう」

父のその言葉に、ジュリアスは否定も肯定もせずにただ微笑みを返した。

そのやり取りを見て、リズはそわりと心を騒がせる。

やはり彼と父親の間に何かしらの確執があるのだろう。

これからレントリヒ家に嫁ぐのであればそのことも知る必要が出てくるが、ジュリアスは教えてくれるのだろうか。

触れてはいけない部分、ジュリアスが触れさせてくれない部分なのではないかとじわりと不安が滲む。

（……そういえば、ジュリアス様は私のどこが好きなのかしら）

好きという言葉はたくさんもらったが、具体的にいつ惚れたのかどんなところが好きなのかを聞いていない気がする。

以前も同じような疑問を持ったがいまだに聞けずじまいだ。

再び湧き起こった疑問。

リズの中に漠然とした不安が残った。


引き続きジュリアスの手となってお世話をしなさいと両親に言われたリズは、結婚までジュリアスの屋敷で住むことになった。

できるだけ結婚式は早く挙げる予定です。

もう一緒に住んでいますので、このまま一緒に住ませてください。

リズにまだまだ仕事の手伝いをしてもらわなければいけませんしね。

次から次へとリズを屋敷に留《とど》まらせる理由を並び立てて両親を説得したジュリアスは、嬉々《きき》としてリズを連れ帰った。

「これからも一緒だね、リズ」

屋敷に帰るなり後ろから抱きしめてきたジュリアスは、リズの肩口にちゅっとキスをする。

それを受け入れながら悶々《もんもん》と考えていたが、彼の唇が頬にやってきて、ついには手で自分の方を向かせて唇にキスをしてくるので一旦考えるのをやめた。

「その考えごとは俺のことだよね？」

むしろそれ以外は許していないけれど？　と目を細めながら暗に訴えかけてきた。

「そうですよ。もう最近はジュリアス様のことしか考えられません」

「何その殺し文句。最高」

ちゅ、ちゅ、と啄《ついば》むキスをしながら、ジュリアスはリズの臍の下をねっとりと撫でつける。

その先を強請っているような動きに、頬を染めながら彼をねめつけた。

「……気持ちよすぎるから嫌だって言いました」

「でも、しないと完全に解除されないと分かっているだろう？　それともずっとくっ付いていたい？　それでも俺はいいけれど」

それを言われてしまうと弱い。

離れられなくなってしまうのは困るけれど、それでもいいと言ってくれるジュリアスに胸がときめく。

「じゃあ、今日はあまり気持ちよくなり過ぎないように手加減するから」

「本当ですか？」

それならば、とジュリアスの方を向いて首の後ろに手を回すと、彼はキスをして腰に手を当ててきた。

ゆっくりとリズを壁の方に押し付け、スカートをたくし上げた。

そしてその場にしゃがみ込み、リズの脚の間に顔を埋める。

「じゅ、ジュリアス様！」

まったく手加減をしてくれる気はないではないかと捲《めく》れたスカートを手で押さえたが、すでに彼は下着をずり下ろし、秘所に舌を伸ばしてきた。

「ひゃんっ！」

ぬるりとしたものが秘裂を抉《こ》じ開《あ》け、蜜口を犯していく。

入り口を柔らかくするように肉壁を舐り、縦横無尽に動いていた。

漏れ出る蜜を啜《すす》り、じゅるじゅると音を立てて肉芽に吸い付く。

「あぁっ！　あっあっ……ンぁっ……あぁンっ」

そんなところを吸ってはダメだ。また気持ちよくなって訳が分からなくなってしまう。

リズはいやいやと首を横に振るも、快楽で腰が震えて逃げることもできない。

スカートを押さえていたリズの手をジュリアスが掴み、指を絡めて握り締める。

もう片方の逞しい腕は、舐《な》めやすいようにリズの脚を持ち上げて支えてくれていた。

肉芽がぷっくりとしてじくじくと熟れていく。

ジュリアスの舌が転がすたびに敏感になり、リズの女の部分が悦び咽《むせ》び啼いている。

達してしまいそう。

リズはガクガクと揺れる腰を止められなくて、せり上がってくるものに抗えなくて、そのままそれを受け入れようとしていた。

ところが、ジュリアスが舌を秘所から引っこ抜いてしまう。

口元を拭いながらスカートの中から出てくる彼を、つい物欲しそうな目で見つめた。

「ダメだよ。俺ので気持ちよくなってくれなきゃ」

そう言って硬くそそり勃った屹立をトラウザーズから取り出し、軽く扱く。

リズの首筋を何度も啄み、耳にも舌を這わせて囁いてきた。

「後ろから挿入れてみる?」

「……うし、ろ?」

どういうことだろうと聞き返す。

「壁に手をつけて、スカートを捲って。俺にお尻を突き出してみようか」

「そんなこと……できない……」

「なら、俺のやりたいようにさせてもらうけどいい? もう一回、舌と口でリズのアソコを舐めて指でイかせて、たくさん気持ちよくしてしまうけれど」

べぇ、と舌を見せつけて、いいの？　と追い詰めてきた。

またたくさん気持ちよくされてしまったら壊れてしまう。

恥ずかしいけれどやるしかないと、リズは壁のほうを向いて両手でスカートを握り締めた。

ゆっくりと上に引っ張り、素足を露出させる。

スカートの裾は膝上まで上がったが、それ以降動かなくなった。

それでもジュリアスは何を言うわけでもなく、目を細めてその様子を眺めている。

「……ジュリアス、様」

名前を呼び助けを求める。

「何をしてほしいか言えたら……いいよ」

辱めを与えられている。

けれども沸き起こるのは怒りではなく興奮だ。

ジュリアスに焦らされ、はしたない言葉を言わされて、どうしようもなく胸が高鳴る。

「……ここが限界です。……お願い、ジュリアス様……もう、挿入れて……」

「君のおねだりって、本当……胸と腰にクるね」

ジュリアスの先走りが滲み手の中でびくびくと震えているそれを見て、リズはごくりと息を呑んだ。

「……あの……さっきも言いましたけれど……気持ちよくしすぎないでくださいね……」

お手柔らかにと釘を刺すと、ジュリアスは穂先を膣に潜り込ませてくる。

焦らすように擦りつけると、リズの腰を掴んだ。

「……フフ……俺はそうしてあげたいけれど、君は感じやすいから保証はできないな」

「そんな……あぁっ！」

ズン！　と最奥まで熱杭を押し込み、容赦なく攻めてきた。

その衝撃で達してしまい、脚に力が入らなくなる。

崩れそうになるところをジュリアスの腕が腰を支え、かろうじて体勢を保つことができた。

「……ふ……ぅう……う……ぁう……」

絶頂の余韻で肉壁が蠢き、ジュリアスの屹立を締め付けている。

その刺激がまた気持ちよくて、その先を期待して勝手に背中が震えてしまう。

できることならこの間に快楽を逃がしておきたくて、リズは懸命に深呼吸で身体の高ぶりを沈めようとしていた。

「ひぁンっ！　あぁっ！　だ、ダメ……はげしく、しないで……あっ！　あぁンっ！」

だが、ジュリアスがそれを許すわけがない。

狙いを定めたように気持ちよくなれる箇所を突き、リズを追い詰めてきた。

壁に腕を突き、ジュリアスと壁の間にリズを挟んで攻めてくる。

逃げ場がなくなり、与えられるものすべてを身体で受け止めることになった。

「……あぁ……イっちゃうぅ……っ」

「うん。いいよ。たくさんイって」

耳を舐られ、穴に声を吹き込まれて達してしまう。

それからすぐに腰を動かされて休む暇も与えられない。

気持ちよくし過ぎないでと言っているのに、ジュリアスは手加減なんかしてくれない。

「あぁっ！　……やだ！　やだやだ！　気持ちよくしないでぇ……ひぁンっ！」

「リズが敏感すぎて、気持ちよくなっちゃっているんだよ。俺のものを締め付けて、どこを突いてもイちゃって……随分とえっちになってしまったものだね」

誰のせいだと！　と堪らず言おうと開いた口から甘い声が漏れる。

だが彼の言う通り、ジュリアスに何をされても身体が反応してしまう。

啼いて媚びてねだって。

口では気持ちよくし過ぎないでと言いつつも、身体がもっとしてほしいと求めていた。

「一緒にイこう、リズ。ほら、俺のものをもっと締め付けて」

「……ぁう……は、い……っ」

後ろから抱き締められ、腰を強く打ち付けられる。

頭が真っ白になり、前後不覚になる。

その間も攻められ、リズは高みに上げられていった。

「はぁ……あっ……あぁっ！」

絶頂し腰が痙攣する。

「……あぁ……気持ちいい……」

蕩けるような甘い声が聞こえてきて、リズはそれにも感じてしまう。

自分の中を満たす白濁の液が注がれるのを感じ、悦びを噛み締めた。

「好きだよ、リズ」

絶頂の余韻に揺蕩《たゆた》うリズに、ジュリアスが耳元で囁いてくる。

ちらりと彼の顔を見て、その言葉に嘘があるようには見えなかった。

そのあとも、ヘイデンに隠れてキスをしたときも、物置部屋で抱き合ったときも、屋敷で肌を重ねたときも、ジュリアスはことあるごとにリズに「好き」と言ってきた。

聞けば聞くほどに、その「好き」の理由を聞いてみたくなる。

私のどこが好きなのですか？

たった一言口にすればいいのだが、それがなかなかできない。

口を開いて声を出そうとするたびに羞恥が勝って、結局口を閉じてしまう。

世の中の恋人同士や夫婦はこういうことを確認し合うものなのだろうか。それともそんなことを聞かなくても自然に分かることなのか。

もしくは、こんなに気にしているリズがおかしいのか。

（……恋愛がこんなに難しいものだと思わなかった）

たとえばこれが仕事なら同じ職場の人に相談していただろう。スザンナとはよく話すので気軽に聞ける。

たとえば勉強であれば、本で調べることもできる。

だが、恋愛となると途端に解が見えづらくなるのだ。

◇◇◇

「大変ご迷惑をおかけいたしました」

「おかえりなさい、リズさん」

まだ魔道具の魔法は完全に解除されていないものの、仕事をするには支障がなくなったのでリズは職場に復帰することになった。

ヒューゴに挨拶をしたあとに、側近仲間に深々と頭を下げて謝罪をすると、彼らは拍手でリズの復帰を喜んでくれる。

あのジュリアスの怪我を負わせてしまうなんて散々だったねとか、虐められなかった？　とリズの身を案じる言葉が多く降りかかってきて、思わず苦笑いをしてしまった。

リズの中ではジュリアスへの見方は変わったが、彼らにとってはいまだ苦手な宰相なのだろう。

「さ！　今日から一緒にバリバリ草案を作っていきましょうね！」

それでも皆のジュリアスに挑む意気込みは相変わらずで、たった数日離れていただけなのに、懐かしさに嬉しくなった。

「はい！　頑張りましょう！」

さっそく自分の机の前に座り、仕事の書類を広げた。

「そういえば、スザンナさん。貿易自由化の草案って進みました？」

「そうね……まだまとまりきっていないのよね……」

スザンナは大きな溜息を吐いた。

以前オールドリッチが輸入規制緩和の草案を出したが、スザンナは逆に輸出の規制に関する緩和を求める草案を作ろうとしていた。

それにリズが協力している形だ。

現状、諸外国への輸出は特定の貴族にしか許可が出されておらず、他の貴族や商人には開かれていない。

財務省が許可状を出すのだが、それが出される貴族に偏りがあり、酷く限定的なのだ。

環境的にも資金的にも申し分ない家が許可状を求めても、突っぱねられるというのはざらにあった。

昨今の食糧不足にも相俟《あいま》って、こちらが諸外国に貿易交渉のときに出せるカードを増やしていきたいところなのだが、この許可状が邪魔をしている。

ヒューゴは貴族優遇の政治をやめ、国民の生活に即した政治を実現させたい。

許可状を撤廃し、自由化をすることでもっと活発に経済を回していこうとスザンナとリズは考えていた。

だからできればこの草案を通したいのだが、スザンナにはさらに強固な意志を持つ理由があるようだ。

スザンナは王都から少し離れた領地の小さな村で生まれたのだが、そこは機織りが盛んで土地に根付く折り方と紋様が特徴的な布を作っていた。

羊毛をつかったそれは、頑丈で美しいのだとか。

もともと牧羊が行われ、それを上手く利用するために技術が進化したらしい。

昔は高い品質と精緻な紋様に関心を寄せられ、飛ぶように売れていたのだが、いつしか売れなくなってしまった。

というのも、国内の布の流通ルートはある貴族が握っており、その貴族の許可がなければ店に卸すことができなくなってしまったのだ。

村長が二束三文の値段で買い付けようとした貴族の提案を撥《は》ねつけたことが理由らしい。

おかげで布は売れなくなってしまい、生業が成り立たなくなりつつある。

困窮する故郷を救うために、何としてでもスザンナはこの草案を形にして議会に持っていきたいと考えていた。

リズもまた、特定の貴族が流通を握っている状態は国の貧困を招くと考え、ふたりで協力し合っている。

（ジュリアス様もそのあたりの実情は把握しているでしょうから、きっとしっかりとしたものをつくれば議会に通してくれるはずよね）

だから、彼に文句をつけさせないようなものを作らなければ。

「なかなか宰相閣下を頷かせるのは骨よね。どう考えても、あの人、エリーアス殿下派の人でしょう」

「……え？」

スザンナの言葉に目を丸くする。

どうしてそんな話になるのかと躊躇いつつも、彼女の言葉に耳を傾けた。

「みんな言っているわよ。ヒューゴ殿下の草案は却下するのに、エリーアス殿下の草案は採用するのは第一王子支持だからって」

「そう宰相閣下が明言しているのですか？」

「していないけれど、実際そうなんじゃないの？　私たちとは違ってあっちは優秀な人材がそろい踏みだし、政治を扱う力と人脈は圧倒的に有利だもの。エリーアス殿下につくのも納得よね。もしかしたら、エリーアス殿下の母方の実家から圧力があったり賄賂を貰《もら》ったりもしているかもしれないわ」

それに前宰相のジュリアスの父親は、国王が病に臥せっているのをいいことに随分と好き勝手にやっていたようだ。

特定の貴族との癒着が酷く、公平な政治をしているとは言いがたいものだったからとスザンナは話す。

「血は争えないと言うやつじゃないの？」

「全部憶測ですよね？」

ジュリアスは平等な人だ。

まだ国王の判定が出ないうちから、勝手にどちらがふさわしいなんて決断を下さないだろう。

「なら、なんでうちだけこんなに草案が通らないのよ」

「実際通ったものはいくつかありました。圧倒的に数は少ないですが。でも、それは私たちが十分なものを提示できていないからです」

各省庁から情報を共有されず、ヒューゴの側近というだけでエリーアスと懇意にしている文官からは敬遠される。

貴族のほとんどがエリーアス派で、ボリス侯爵のような人は珍しい。

そんな状況の中でつくられたものが不十分だと却下されるのは、悔しいが仕方ない部分もある。

加えてエリーアスが提出していた草案に目を通したが、非の打ち所がないくらいに綺麗にまとまっていた。

さらに貴族に寄り添ったものだ、ジュリアスも通すしかないだろう。

「それに陛下は草案をたくさん通した方が王位に就けるとは言っていません。もしかすると、その中身を見て判断されるかもしれません」

だから、それだけでジュリアスをエリーアス派だと断定するのは尚早だと言い募った。

すると、スザンナは苦笑する。

「リズさんは、すっかり宰相閣下と仲良くなったようね。あんなに何を考えているか分からないって言っていたのに」

「……あの、それは」

愛する人がまるで敵のように言われてつい言い返してしまったが、スザンナからすればリズがジュリアスを庇っているように見えただろう。

彼の側にいた期間に仲良くなったのだろうと。

その通りなので咄嗟に上手い言い訳が見つからず、「そんなことは……」と口ごもってしまった。

「仲が良くなったのはいいけれど、でも心まで許さない方がいいわよ。どうしてあの人が若くして宰相になれたのか、何故急に前宰相の父親が退いたのか、経緯がはっきりとしていないのだから。何か黒いところがあるに違いないわ」

心どころか身体も恋心も許してしまったあとなので、スザンナの忠告は実に耳が痛かった。

たしかに、彼のその部分はいまだに不明瞭で、何故そうなったか王は公にしなかった。

ただ、ジュリアスの父親を退かせ、彼を新たな宰相の地位に就かせるとだけ言い、理由をいまだに明かしていない。

(もしかして、ジュリアス様がお父様と疎遠であることと関係があるのかしら)

髪を伸ばしているのは父親への嫌がらせだと言ったジュリアス。

リズの両親に結婚の挨拶をする必要がないと言い放ったあのときの笑み。

ずっと引っかかっているが、どこまで踏み込むことをリズが許されているのか測りかねているためにいまだに聞けずにいる。

「今回、リズさんに怪我を負わされたのをいいことに、ヒューゴ殿下を潰すために貴女《あなた》を利用しようとしたのかもしれないし」

「それは違います。そんなことする人ではありませんから」

あれは不可抗力だったのだから、彼が何かを目論《もくろ》んでしたわけではないだろう。

「さぁさぁ、そんなことより打ち合わせを始めましょう。ここに来られなかった間、私の方でもいろいろと調べたことありますから」

これ以上ジュリアスを責める言葉を聞きたくなくて、話を切り替える。

大事なのは、彼を一方的に怪しむよりもいかにこちらがいいものを作り上げるか。

どんな流言が飛び交おうとも、リズは自分の目で見たものしか信じたくなかった。


今日は久しぶりに自分の仕事をしたので、事務処理が残っていて随分と遅くなってしまった。

一緒の馬車でジュリアスの屋敷に帰る約束をしていたので、彼を待たせてしまっただろう。

一応遅くなるかもと伝えていたが、申し訳ないことをしてしまった。

急いで馬車に向かうと、やはりジュリアスが先に乗っていた。

「遅くなり申し訳ございません」

「そんなに慌てなくても大丈夫だよ」

自分もさっき来たばかりだと言うジュリアスは、手紙のようなものを手にしていた。

それを読みながら待ってくれていたのだろう。

つい注視してしまい、それに気づいた彼は「あぁ、これ？」と手紙を軽く掲げた。

「父からの手紙だ」

「レントリヒ公爵からの……」

このタイミングでジュリアスの父親の話が出てきてどきりとする。

どうしよう、このまま父親のことについて聞いてもいいのかと迷ったが、馬車が出発したのを合図に口を開く。

「聞いても大丈夫でしょうか」

「父のこと？」

「はい。私がどこまで聞いていいか分からず躊躇していましたが、もしジュリアス様が話してくださるなら、お聞きしたいです」

話してくれるなら、なんて殊勝なことを言っているが嘘だ。

本当はもの凄く聞きたい。愛する人のことはなんだって知っておきたい。

「そうだな……父とのことは、どこから話したらいいものか……」

ふっと寂しそうな顔をして、ジュリアスはリズの肩に頭を預けてきた。

「ごめん。このまま話してもいい？　あまり自分のことを話すのは得意じゃないし、特にこのことはこれまで誰とも話し合ってこなかったから、結構しんどいかもしれない」

「いいですよ。身体ごと預けてください。ちゃんと支えていますから」

できれば心ごと預けてほしい。それだけしんどいのであればちゃんと支えたい。

ジュリアスがここまで言うのだから聞く方も心して聞かなければと、背を正した。

「――俺が八歳のときかな。父の友人に誘拐されたんだ」

最初に飛び出してきたのは衝撃的な話。

リズは息を呑んだが、極力動揺を見せないように努めた。

「その人は俺も知っている人だった。よくしてもらった覚えもあるし、父とも仲良かったはずだ。まぁ、子どもの頃の記憶だから、美化されているのかもしれないけれど」

とにかく、ジュリアスの中では誘拐されるまではそんなことをされる覚えも、理由もなかったのだと言う。

「その日は母と一緒に出掛けたんだ。使用人も護衛も連れて周りにたくさん大人はいた。父の友人はそのあとをつけて、偶然を装って何食わぬ顔をして俺たちに挨拶をしてきた」

たとえ、たくさんの大人が周りを囲んでいようとも、父親の友人となれば快く近づくことを許すだろうし、警戒心を解く。

だからだろう。

母と離れて一緒に本を見に行こうと手を引かれてついていったジュリアスは、そのまま攫《さら》われてしまった。

「どこに連れて行かれるのか、どうしてこんなことをするのかと問うたびに殴られ、全部お前の父親のせいだと詰《なじ》られた。猿轡《さるぐつわ》をされて縄で縛られて小屋に閉じ込められたときに、ようやく自分が誘拐されたと悟り、ただただ泣いていた。……馬鹿みたいに泣いていた」

彼が、そのときの無力な自分を嘲笑《あざわら》っているような気がして、苦しくなってジュリアスの手を握り締める。

そんなこと思わないでと想いを込める。

何もできない自分を恥じる気持ちはリズにも分かる。

教師に怒鳴られ部屋に閉じ込められたとき、同じ気持ちになったのだから。

「彼はギャンブルで借金を背負っていたらしい。すべて売り払ったけれどそれでも間に合わずに、とうとう父にお金を貸してほしいと頼んできたが、父はずっとそれを断っていたのだと」

その恨みつらみを、友人は幼いジュリアスに吐き出した。

いかに自分が困っているか、いかにジュリアスの父親は冷酷な人間かと。

息子を返してほしくば金を寄越《よこ》せと言っているが、はたしてお前の父親は払ってくれるかな？

その金額がお前の価値だぞ？　と怯えるジュリアスの心をさらに追い詰めるように。

そして小屋を去っていき、二度と現れなかった。

「父は払ってくれるだろうと信じていた。仮にもうちは公爵家だからね。払えないわけがないと。――でも、俺は三日経っても助けてもらえなかった」

（三日も……）

たった一言で『三日』と言っているが、当時のジュリアスにとっては永遠のように思えた日数だろう。

食事も水も与えられず弱っていく。

死というものが頭を過り、五感のすべてが鈍くなっていく。

じわじわと身体が腐っていくような気がして、意識も朦朧《もうろう》としてきた頃、ようやくジュリアスは助け出された。

廃墟《はいきょ》の小屋に押し込められていたらしく、屋敷の兵士たちは随分と探すのに苦労したようだ。

あぁ、だからこんなにも助けにきてくれなかったんだとそう思っていた。

そのときは。

「屋敷で目を覚ましたあと、母が側にいてくれないことに気が付いた。使用人に母はどこに行ったのかと聞いても、濁して教えてくれなかったけれど、歩けるようになってようやくその理由が分かったんだ」

母の姿を探して部屋を訪れると、そこにはベッドの上で眠ったままの母がいた。

その首元に包帯が巻かれ、顔色も真っ白で、明らかに様子がおかしい。

どうしてこんなことになっているのかと母の侍女を問いただすと、ジュリアスが誘拐されていた間の話をしてくれた。

「父は母を責めに責めた。そして身代金は払わないと言ったんだ。子どもはもうひとりいるから十分だろうと母に言ってね」

「そんな……」

「もう病気で亡くなってしまったけれど、俺には兄がいた。父は跡取りさえいればいいと考えたらしい。……まぁ、数年後、その見捨てようとした子どもが跡取りになるとは思わなかっただろうね」

まったく皮肉な話だねと、ジュリアスは言う。

「父は子どもよりも自分のプライドを取ったんだよ。でも、母はそんな父に縋り付き、自分の命と引き換えに俺を助けてほしいと懇願したんだ」

そして、父親の目の前でナイフで首を斬った。

命をかけた訴えをしたのだと。

「それで渋々父は身代金を払うことに同意し、俺の居場所を聞き出したのだと。まぁ、そのあとすぐに犯人を捕らえて、屋敷の警備兵に殺させたようだけれども」

誘拐の事実、犯人の殺害。

それらをすべて隠蔽し、父親はなかったことにした。

犯人は借金苦で自害し、母は病で床に臥せっていることにし、ジュリアスも母の病気で気落ちしているというシナリオを描き、何もなかったような顔をして元の生活に戻ったのだ。

「俺が父に嫌悪感を抱くには時間はかからなかった。それが憎悪に変わっていったのは、母が首の怪我が原因で亡くなったときだ」

ジュリアスが父親を憎んだと同時に、父親もジュリアスを遠ざけ始めた。

平然な顔をしながらも、心のどこかでは後ろめたさを感じていたのだろう。

成長するにつれて母親に似てくる息子を見て何を思ったのか、容易に想像ができた。

「だから嫌がらせで髪を伸ばしているのですか？」

「そう。でも、効果てきめんだったよ。あのとき自分が何を捨てようとしていたのか、何を守ろうとしたのか、結果何を失ったのかを知らしめるのにはうってつけだった」

ジュリアスの面差しに妻の亡霊を見る父。

あの時の恨みを忘れさせてなるものかとジュリアスは今もなお、怒りの炎を燃やし続けている。

「俺は八歳ながらに、将来父からすべてを奪おうと決めたんだ。今度は俺があの人を捨ててやろうと思ってね」

そんな悲しいことを言いながらも、彼は笑みを浮かべている。

やはり彼にとって笑顔は武器であり仮面だったのだ。

幼いながらに受けた傷を隠す、大きな壁。

「だから、リズの両親に父に挨拶はいらないと言ったんだよ。俺にとって、あの人はもう捨てた人だから」

便宜上「父」という言葉を使っているが、もう彼の中ではそうではなくなっている。

もちろん、結婚式に呼ぶつもりもなく、リズにも会わせるつもりもないのだと言う。

「これは爵位を譲り受ける手続きを取っている俺に対する抗議の手紙だ。もう宰相の地位もなくなって、それしか残っていないから必死なんだろうね」

「お返事はされるのですか？」

「どうしようかな。考え中」

もう彼の復讐《ふくしゅう》は最終局面までやってきているのだろう。

あと一歩のところですべてを奪える。

「こんな感じかな、俺と父の話は。……本当、リズには申し訳ないと思っているよ。こんな男に嫁ぐことになって。こんな俺に愛されて、可哀想だとときどき思う」

「私を勝手に可哀想な人にしないでください」

「だって、面倒じゃない？　こんな親子の確執を持っていて、二十年近くもその恨みを引きずるような男」

何をいまさらと呆れてしまう。

逆に自分がなんの面倒も持っていない男に見られているとでも思っていたのだろうか。

「ジュリアス様の面倒さを承知の上で愛しました。それに、私だってそれだけのことをされたら二十年どころか五十年経っても恨みますよ」

恨んで当然のことをされたのだ、そのくらいは当然だ。

むしろ、ここまで折れずにやり遂げたと拍手を送りたいくらいだ。

「……でも、私、そんなことも知らずに髪が綺麗なのに嫌がらせなんかに使うのはもったいないなんて言ってしまったのですね。腹が立ったでしょう？」

「まさか。逆にそう言ってもらえて爽快だった。君にそう言ってもらえて、もう恨みから解放されろと言われているようだったな」

「……そうですか」

リズとしては本当にもったいないと思って言った言葉だったが、意外にそれが彼の心に響いていたらしい。

「誘拐されたあと、俺は他人に期待することを止めたんだ。期待しなければ誰かに傷つけられることない。誰かが助けてくれるとぼろぼろと涙を流して、ただ待つだけだった子どもの頃よりも強くいられる。そんな自分でいたかったから」

父親に期待しないこと、優しくしてくれる人に期待しないこと、仲良くして来ようとする人に期待しないこと。――自分以外は信用しないこと。

そうやって彼は自分自身を守ってきたのだ。

だから、学園にいるときのジュリアスは孤高の存在だった。

誰とも群れず、誰にもおもねることなく、誰に対しても平等だったのだろう。

「私にも期待していないのですか？」

「まさか。君だけだよ、俺が自然と期待を寄せてしまうのは」

よかったと胸を撫で下ろした。

ここまで「好き」と言われて、でも期待をしていないと言われたらどう受け取っていいか分からなる。

「俺と目を合わせてくれないだろうか、俺ともっと話をしてくれないだろうか、俺の側にいてほしい、……俺を好きになってほしい。君には期待してばかりだ」

止めたくても止められなかった。

心が自然とリズに期待を寄せる。

「初めて見た君は、教師に頭を押さえつけられて、無理矢理サインを書かされて見ているだけでも可哀想な状態だった。でも、それでも君の目は諦めていなかった。今でも覚えているよ、あの強い眼差《まなざ》し」

「私も覚えています。ジュリアス様が助けに来てくれたとき、私の顔を覗き込んだでしょう？

あのときの貴方の顔。凄く……凄く、ホッとした」

今でも鮮明に思い出せる。

きっと生涯忘れられないだろう。

「『自分の人生には自分が責任を持つ』、『そのために抗った』って君が言ったとき、その強さが眩《まぶ》しかった。でも同時にいいなって思ったんだ。痛々しいくらいに真っ直ぐで、俺が失ったものを君はすべて持っている」

この人は何を考えているのだろう、何を自分に求めているのだろうと考えるのが癖になっていた。読み解くのも得意になっていた。

でも、リズはそんなことを読まなくても分かってしまう。

真っ直ぐすぎて邪推することもできないくらいに。

そんなに真っ直ぐに来られると、逆にジュリアスに何かを求めるように仕向けたくなる。

リズの期待を受け取りたいと願う自分がいた。

「自分がそんなことを思うなんて驚いたよ。また同じことを繰り返すのかと、自分を罵った。リズに『味方だ』と言ってまた会えることを期待して、一方で会わなければまたもとの自分に戻れると思った」

寄りかかっていた頭を上げて、ジュリアスは真っ直ぐにリズを見る。

「……でも、無理だった。もう君に期待をすることをやめられなかった」

そしてくしゃりと顔を崩して、泣きそうな顔を見せた。

まるで子どものように感情を露《あら》わにする彼の頬に手を当て、その顔をじっくりと見つめる。

「ジュリアス様のそんな顔、初めて見ました」

「いつもは見せないようにしていたから。だから、真面目な話をするとき、顔を見せないようにしていただろう？」

「……あ」

やたら後ろから抱きしめてくるなと思ったら、そういうことなのかと合点がいく。

彼なりの不器用な本心の隠し方だったのだろう。

「こんな難儀な男に惚れられても困るだけだと思っていたんだけど……でも、この魔道具のせいでもう止められなくなってしまった。もう君を何としてでも手に入れるしかないなって」

おそらく、魔道具事故がなければ互いに気持ちを押し殺したまま終わっていたのだろう。心を寄せてはいけない相手として、感情に制御をかけていた。

「そういう意味ではこの魔道具に感謝している」

忌々しいものだったはずなのに、とジュリアスの手首に輝くそれを見た。

「他に聞きたいことはある？　今なら何でも答えられそう」

そう言われて少し考えたのだが、特に思い浮かばなかった。

「実はずっと何故ジュリアス様が私を好いてくださったのか聞きたかったのですが、今ので分かりました。だから今はもうありません」

「最近何か言いたげな顔をしていたけど、そんなことが聞きたかったの？　何でも聞いてくれていいのに」

フフフ、と笑うジュリアスはまるで子どものようだった。

「君の真っ直ぐなところが好きだよ。強いところも、責任感があるところもひたむきなところも。あとついでに快楽に弱いところもね」

「さ、最後のは言わなくてもいいですから！」

いいことを言ってくれたと思っていたのにと、顔を真っ赤にして叫ぶ。

快楽に弱くない！　多分、おそらく。

「大事なことだよ。すぐ気持ちよくなってくれる姿を見ていると、俺も嬉しいから」

「それは……ジュリアス様だから」

顔や首筋にキスを受けていると、彼の手が服の中に忍び込んできていることに気付いた。

「こんなところで……」

「またくっついて離れられなくなる前に、ね？」

そう言いながらも、リズは彼の手を受け入れる。

馬車の中では触るだけにとどまったが、屋敷に帰ってからすぐに身体を繋げた。

ジュリアスの愛をぶつけられる行為に、リズは心も身体も悦び、この人を好きになってよかったと改めて実感した。

◇◇◇

『ごめんなさい……ごめんなさい、ジュリアス。私を許して……私を……』

母は弱った身体でいつもジュリアスに謝ってきた。

決して父を責めず、犯人にジュリアスを託してしまった自分が悪いのだと。

だが、ジュリアスは常にその言葉を否定した。

『母上は悪くない。あの人があんな人を屋敷に招いたことが元凶だ』

母も自分も巻き込まれただけだ。

しかも父はジュリアスを見捨てようとした。母が自分を傷つけるまで動こうとはしなかっただろう。

ジュリアスは母に生かされた。

ここでこうやっていられるのは、母のおかげなのに。

——それなのに、その引き換えとばかりに母が死んでしまう。

『私を恨んでいるのか？　愚かな。お前がのこのこあの男についていったせいだろう。お前が弱くて未熟だからあんなことになったのだ』

父は自分の非を認めなかった。

弱いのが悪い。父の中ではそれが正義だった。

ジュリアスが弱いから誘拐され、弱いから母が死に、弱いから父を憎むのだと。

頬を殴り、恨みを捨てて強くなれと言ってきたのだ。

そのときから、仄暗《ほのぐら》い激情がジュリアスの中に生まれる。

同時にそれを笑顔の裏に隠す術も覚えた。

誘拐で衰弱した後遺症で視力が悪くなってしまい、眼鏡をつけ始めた。それも表情をあまり読み取らせない道具となってくれたので功を奏したのだろう。

父はジュリアスが従順になったと勘違いをし、殴ることも怒鳴りつけることもなくなり、こちらがある程度自由に振る舞っても何も言ってこなくなる。

ただ、言うことを聞く人形でいてくれれば満足のようだった。

楽だけれども、窮屈な人生だとも思う。どんなときでも自分を出せないのだから。

もう仮面をかぶることに慣れ切って、自分の曝け出し方も忘れてしまったのかもしれない。

だからこそ、真っ直ぐなリズが羨ましかったのだ。

ときにもどかしさも感じていた。

そんなときに夢を見る。

『薄汚い男の血を引いているんだ、お前も非道な男になるに違いない』

『手遅れだ。まともな人間に育つはずがない。お前は周りの人間を不幸にするやつになるんだよ』

『幸せそうな家族しか演じられないんだ、自分の子どもなんて道具にしか思っていないだろうな。お前もそうなる』

誘拐犯に罵倒された言葉の数々が幼いジュリアスを苛む夢だ。

お前の父親はろくでなしだ。

なら、血を引いているお前も同じろくでなしになるに違いない。

——父親への復讐に生きる自分は、まさに彼の言う通りの人間になってきているだろう。ときおりそんな自分がおぞましく思える。

心が強くなればなるほど、人から離れていくような感じがして、気持ち悪さも感じていたのだ。

『ジュリアス様が危機に陥ったとき、私は貴方を救えるでしょうか』

リズにそう言われたとき、ジュリアスがどれだけ嬉しかったか彼女は知らないだろう。

髪のことを言われたときも、先ほど『恨んで当然』と言われたときも救われた。

リズの前ではただの人間になれる気がした。

彼女の言葉が幼いジュリアスを救い、彼女の強さがジュリアスの心を引っ張っていってくれる。

結婚するからにはジュリアスの人生を半分背負う覚悟だと言ってくれたリズ。

何だかんだ言いながらも、振り回されてくれるリズ。

ジュリアスの愛を受け止めてくれたリズ。

自分の無力さに泣きじゃくるあの日のジュリアスを抱き締められるような気持ちになる。

こんな自分でも普通の幸せ、普通の家族を手に入れられるのではないのかと。

彼女といるとそう思えてくる。

「――ジュリアス様……ジュリアス様」

「……ん……リズ？」

寝ているところを揺さぶり起こされ、ジュリアスはまどろみから浮上する。

声をする方を見ると、リズが不安そうな顔をしてこちらを見つめていた。

「どうしたの？」

寝ているところを起こすなんて珍しい。しかもまだ夜中のようだ。

頭がぼうっとして働かないけれど、こんな時間に起こしたということは何かしら理由があるのだろう。

「魘《うな》されていました。だから、一旦起こしたのですが……大丈夫ですか？」

「そうか……ごめん、うるさかったよね。起こしてくれてありがとう」

「うるさくなんてありません。でも、とても苦しそうだったので、不安になって……」

しっとりと汗もかいている。

リズが不安に思うほどにあの悪夢に魘されていたようだ。

「大丈夫。たまにあることだから」

「悪い夢でも見ましたか？」

「そうだね。悪い、悪い夢……見たかな……」

そう言うと、リズはジュリアスを抱きしめてくれた。

優しく、包み込むように。

「以前私に教えてくれましたよね？　抱擁には癒やしの力があると」

「言ったね。……癒やしてくれてありがとう」

ホッとする。

リズの鼓動が聞こえてきて、ぬくもりがジュリアスを現実に引き戻してくれていた。

「なら、私がお母様に子どもの頃にしてもらっていたおまじないをしてあげます」

彼女はジュリアスの頭を撫でつけ、慈愛を込めた目で見つめてきた。

「大丈夫、悪夢はもう私が吸い取ってあげたわ。だから、安心しておやすみ」

第五章

その日の朝、突然ジュリアスの腕から魔道具が取れて床に落ちてきた。

朝食を取っていると、ジュリアスが唐突に「あっ」と声を出したかと思ったら、床に硬いものが落ちる音が聞こえてきて、確かめたらそれだったのだ。

驚いて自分の目を疑ったが、ジュリアスの腕からは魔道具が消えている。

「ということは、魔法が解除されたということでしょうか」

「そのようだね」

「やりましたね！」

ジュリアスがずっと残念そうにしているのが気になるが、とりあえず悩みの種は消えたとリズは諸手《もろて》を挙げて喜んだ。

「取れた！　取れました！」

「あぁ……取れてしまったね」

床に転がった魔道具の腕輪を見て、ふたりは正反対の反応を見せた。

「そんな嬉しそうな顔をされると、そんなに俺と離れたかったのかと悲しくなってしまうよ」

はぁ……と大袈裟《おおげさ》な溜息を吐くジュリアスに胡乱な目を向けたあと、リズは同じようにわざとらしい溜息と吐いた。

「たしかにずっと一緒にいられないのは寂しいですが……私たち、もう魔道具なんかに頼らなくても側にいられるではないですか」

必要ないくらいに愛を育んだでしょう？　と言うと、ジュリアスは頷く。

「でも、もう自由だからって俺との結婚を止めるって言わないでね。そんなこと言ったら、魔道具なんかに頼らなくても、無理矢理にでも俺の側から離れられないようにしてしまうから」

何か怖いことを言われた気がするが、リズは一日聞かなかったことにした。

とりあえず、これで何の憂いもなく仕事に専念できる。

今日は朝から幸先《さいさき》がいいと浮かれていたところ、城に行くとさらに嬉しいことが待っていた。

「よし、今回はこれでいこう」

ヒューゴの言葉に、リズはぱぁ！　と顔を明るくした。

スザンナと顔を見合って、互いの手を握りながら喜び合った。

ようやく貿易自由化の草案ができあがりヒューゴに提出したところ、今回はこれをジュリアスに出すことに決定したのだ。

もちろん、これから皆で話し合って詰めるところは詰めるのだが、まずはヒューゴに認めてもらえたことが嬉しかった。

「これからですね、スザンナさん！」

「ええ！　絶対に、絶対にこれを議会まで持っていくわ！」

誰よりも力を入れていた彼女は、これが国の未来を変えると信じていた。

国民の暮らしを豊かにしてくれると。

——ところが。

「これは不採用かな」

「どうして！」

ジュリアスに提出するも、却下されてしまったのだ。

いつもは大人しくしているスザンナもこの時ばかりは声を上げ、理由を問《と》い質《ただ》していた。

すると、ジュリアスは頬杖《ほおづえ》を突き、大きな溜息を吐く。

「これを議会に出したら、貴族たちの反発に遭うことは目に見えているでしょう。貴方が今必要なのは確実に議会を通る草案です」

「そいつらを黙らせることができるほどの論証を揃えてきた。それに俺はエリーアスのような生温《なまぬる》いものを出すつもりはない。反発を食らってもいい。どうにか通してくれないか」

ヒューゴもまた食い下がってくれていた。

それに続いてスザンナも、リズも、そして他の側近たちもジュリアスに何故今これが必要なのか、平民の暮らしを豊かにするためなのだと説く。

「それでもこれはダメです。現実的ではないですしね。それとも、議会を通過した草案がまったくない状態で、陛下に自分が王にふさわしいと訴えるおつもりですか？」

ジュリアスの容赦のない言葉に、ヒューゴだけではなくリズたちも押し黙った。

王に次の王を務める素質があると見せるには、議会を通過した草案が必要になってくる。

それを判断材料のひとつにすると言われたからだ。

「たしかに理想は大切です。貴方がたが成そうとしていることも立派だし、この国に必要なことでしょう。ですが今でなくともいいのでは？　勝たなければ何も成し得ることができなくなる。これが始まってもう半年。そろそろ陛下のお気持ちも固まるころでしょう」

いつもの笑みでジュリアスは突き放す。

現実的になれと。

「これを出すにはまだ早すぎる」

結局ジュリアスは折れてくれず、不採用のまま突っ返された。

皆意気消沈していたが、スザンナだけは怒りを露わにして、身体を震わせていた。

それでもヒューゴの目の前で醜態を晒《さら》すことはできないと思ったのだろう。

席を外すと言って出ていってしまった。

「ヒューゴ殿下、スザンナさんを追う許可をいただけますか？」

「構わない。行ってやれ。まだ私は諦めていないと彼女に伝えてくれないか」

リズは急いでスザンナを追いかける。

彼女は休憩室として使っていた部屋にいて、隅の方で座りながら泣いていた。

「スザンナさん……」

悔しさが伝わってくる。リズだって悔しい。だから寄り添うように隣に座る。

「今回のことは、本当に残念でした。ですが、ヒューゴ殿下はまだ諦めていないとおっしゃっていました。だから、時機を見てまた出しましょう？」

「……無理よ」

リズの言葉に、彼女はフルフルと首を大きく横に振る。

「絶対にあの人は許可を出さない。無理なのよ。貴族に有利な草案しか認めないつもりよ」

「そんなことありません。これまでも許可を出してくれたものもあったじゃないですか。議会では否決されてしまいましたが、あれも平民のためのもので……」

「それも議会を通らないって分かってわざと通したのよ！　あの人はもうエリーアス派よ！　私たちに勝たせる気なんてまったくないんだから！」

今回のことがよほどショックだったのか、スザンナはジュリアスを非難する言葉を口にする。

それを聞いていてリズも苦しくなった。

ジュリアスが許可を出さなかったことはショックだ。

しかも、いつものようにどこがダメという理由ではなく、「貴族から反発がくる」という納得のいかない理由だからなおさらだろう。

だが、一方でヒューゴのことを思って言ってくれているのであれば、そういう判断を下したことに頷ける部分もある。

現実を見ろという言葉は痛いほど刺さるが、的確な指摘だった。

「宰相閣下は立場上、どちらかの肩を持つなんてしませんよ」

「……貴族令嬢なのに何も分かっていないのね。ご令嬢だから分かっていないのかしら」

スザンナが嘲りを含んだ笑みをこちらに向けてきた。

「貴族はいつも利己的で自分の利益しか求めない。下々のことなんか考えもせず、搾取するだけしか考えていないじゃない。あの人も公平だなんだ言っても、利害が一致すればコロッと態度を変える腹黒い男よ」

「貴族全員がそうではありません。中には人道的で人情溢れる人もいます」

今のスザンナの目には貴族すべてがそうであると見えるのだろう。

けれども、そんな人ばかりではない。リズも悔しい思いもするし、歯痒い思いもするけれども、温かい人だっていると知っている。

リズが知っているジュリアスだってそうだ。

「貴女は貴族側だからそう言うの。私たちのような平民の苦しみなんてちっとも知らないくせに！　綺麗なドレスを着て金を使って笑って過ごすだけの人たちに何が分かるのよ！」

貴族のリズには平民がどれほど苦しんでいるか理解できない。

所詮はそっち側の人間だと言われ悲しくなった。

八つ当たりだとか、彼女は冷静ではないのだとか、落ち着かせる言葉を自分に言って心を落ち着かせる。

ここで言い合っても意味はない。

あの草案はスザンナだけのものではない。

リズだって関わっているし、ヒューゴだってそうだ。

決して適当に取り組んだわけでも、平民を見下して作ったわけではない。

その努力の中に、明るい未来を見ていたのはたしかだ。

「私はたしかに貴族の家の人間ですが、ドレスではなく官服を着る道を選んだのはスザンナさんと同じくこの国をより良いものにしたいと願ったからです。その願いに貴賤《きせん》は関係ないと、私は思いたい」

このままここにいてもスザンナを刺激するだけだろう。

ハンカチを渡して、リズはその場を離れた。

ヒューゴには少し時間が必要かもしれないと伝え、そっとしておいた方がいいだろうと進言する。

彼女が戻ったのは一時間後だったが、ずっと黙って仕事をしていた。

周りも気を遣ってスザンナに声をかけない。

今日一日、重い空気が職場に流れていた。


「自分の屋敷に帰るの？」

「もう魔法は解除されていますからね。結婚までは離れて暮らしていた方がいいと思います」

まだ婚約を公にしていないが、王位継承者選定が終わればすぐに結婚するつもりだ。

だが、その前に一緒に暮らしていることが知られてしまうと厄介なことになるかもしれない。

少し離れて本来の立ち位置にいったん戻った方が、仕事がやりやすいのではないかと考えた。

あくまで婚約者という立ち位置に。

今回のスザンナの件でも思ったのだ。

『宰相閣下の味方をするの？』

彼女の目はそうリズを責めていた。

ジュリアスが悪し様《あしざま》に言われたとき、リズは彼を庇ってしまう。もちろん、それはスザンナ
憶測に基づく発言が多いこともあるのだが、やはり聞いていると苦しくなる。

「私が快く仕事をするために帰ります」

「今日のことを怒っているの？」

「プライベートに仕事のことは持ち込みません。でも、私たちの今の関係が今後仕事に影響したら嫌なので帰ります」

ジュリアスが見捨てられた猫のような目で見つめてきたが、頑として帰ると主張すると、彼ははぁ……と溜息を吐いて抱きしめてきた。

「君は本当にこういうところは真面目で頑固だなぁ。でもそういうところが好きだから、言うことを聞いてしまうのだけれど」

フフフ、と嬉しそうに笑う。

「でも、たまには会ってくれるんだろう?」

「婚約者ですもの。プライベートで会わない理由はないでしょう?」

「素直じゃないなぁ。本当は毎日でも俺に会いたいくせに」

そう言われてムッとしたが、図星だったので頷く。

「可愛い……本当に帰したくない……」

ぎゅっと抱きしめてくるので、リズも抱き締め返す。

「結婚したら毎日一緒にいられますよ。それこそ、魔道具がなくても」

「早く結婚しようね」

できることなら、今すぐにでも結婚したい。

その想いはリズも同じだった。

「――貿易に関して、どうしてこんなにも話が進まないのかもう一度考えてごらん。誰が中心となって邪魔をしているか、今誰がそれを牛耳っているのか、そこらへんをよくね」

「それって……」

身体を離してジュリアスを見つめると、彼は意味ありげな笑みを浮かべた。

「今の俺に言えることはこれだけかな。ごめんね。全面的に味方になってあげられなくて。それでも心の中で応援しているから」

額を合わせて目を瞑《つぶ》る。

もうこれ以上は言えないのだと示すように。

リズもそんな彼を見て、同じように目を閉じて「分かりました」と答えた。


翌日、職場に行くと昨日に引き続きスザンナは気落ちした顔をしていた。

「スザンナさん、おはようございます」

挨拶をすると、腫れぼったい目でこちらを見つめてくる。

「……リズさん、昨日は八つ当たりをしてごめんなさいね」

「いえ、大丈夫です。気になさらないでください。昨夜は休めましたか？」

「あまり……」

これは随分と引きずりそうだ。

なかなか切り替えができなくているらしい。

「私、もう一度ヒューゴ殿下と話し合ってみます。実は昨夜……」

「もういいのよ。諦めたから」

スザンナはもうこの話はしたくないとばかりにリズの言葉を遮ってきた。

彼女から出てきたとは思えない言葉に戸惑う。

「……諦めたって……そんな……」

「宰相閣下がおっしゃっていた通り、実績を作る方が先よ。ただ自分が信じたことをやれば報われるなんて、そんなことないんだって今回のことで身に沁みて分かったわ」

昨日のことが相当堪えたのか、これまでのようなやる気と闘志が彼女から見えなくなっていた。

だが、これで「そうですか」とリズまでもが諦めてしまっては本当に終わりだ。

「私はまだ諦めきれません。だから、私は私でいろいろと調べてみます」

諦めることは簡単だ。もっと楽な道に行けばこんな悔しい思いをしなくてもよくなる。

でも、それでも踏ん張るのは国のため、自分のためでもあるが、ジュリアスの言葉のおかげでもある。

昨夜の言葉だって、何かしら意味があって言ったのかもしれない。

『何故反対されるか』ということばかり考えていたが、『誰が中心になって反対しているか』

とは考えてこなかった。

そこにヒントがあるのであれば、とことんまで突き詰めるしかないだろう。

「ヒューゴ殿下、お話があります」

彼の執務室に行き、昨夜ジュリアスに言われたことを話した。

すると、ヒューゴは意外なことを言う。

「それは簡単だ。エリーアスが反対しているからだ」

探るよりも先に答えをくれたのだ。

「知っていたのですか？　なら、どうして教えてくださらなかったのです？」

もし、草案を出す前に知っていたら、もう少しやり用があっただろうに。

リズは思わずヒューゴを責めるような口調になる。

「この話自体、ボリス侯爵から聞いていた。あれからもずっと彼とは懇意にさせてもらっているからな。その中でエリーアスが反対しているという話が出た」

ボリス侯爵は、ヒューゴが夫人の不倫を解決してあげたお礼に情報を提供してもらっている。

それだけではなく、ふたりは馬が合ったらしく友人関係としても付き合いがあるようだ。

おかげで以前より草案を作りやすくなったのだが。

「それでも私は関係ないと思ったんだ。ジュリアスは関係なく、草案だけを見て判断してくれると。だからあれで行こうと言ったんだが……」

まさか議会で反対されるという理由で却下されてしまった。

ヒューゴにとっても想定外のできごとだったと言う。

「……あの、こんなことを聞くのは心苦しいのですが……宰相閣下がエリーアス殿下を支持しているという噂があると聞いています。ヒューゴ殿下はどう思いますか？　本当のことだと……」

本当のことはジュリアス本人から聞くしかないのだろう。

ここでヒューゴの意見を聞いても、リズはそれを鵜呑《うの》みにすることはないはず。

それでも聞いてしまったのは、ヒューゴに否定してほしかったからだ。

聞いたことがないと言って、笑い飛ばしてほしかったのかもしれない。

「……そのようだな。私も……あやつがエリーアスの肩を持っているように思える」

けれども、彼は望んだ答えをくれなかった。

ヒューゴの目から見てもジュリアスの言動はそう見るのだろう。

「今回の一件もエリーアス殿下に忖度したからだと？」

「そういう一面があるかもしれない」

彼も言葉を選んでくれているのだろう。

気まずい空気が流れ、リズもまた気持ちが沈むのを感じていた。

「……もし、そうならば私はどうしたらいいのでしょう。私はヒューゴ殿下の部下で、あの方はエリーアス殿下の味方で、政治的には対立してしまって。婚約もしているのに、それなのに……」

もしも、これがジュリアスとの仲に影響があるとしたら。

そもそも、宰相という立場でどちらか一方におもねるというのはいいのだろうか。

エリーアスに買収されたとか、弱みを握られているとかのっぴきならない理由があるのだとしたら、リズが救ってあげるべきではないのか。

何も知らないままではダメなのではないのか。

ジュリアスの顔が浮かび、不安が大きくなる。

「ジュリアスがどんな立場であれ私はリズの扱いを変えるつもりはない。それにたとえそうであっても、お前は私を裏切ることはしないだろう？」

「もちろんです」

もしもジュリアスが婚約者という立場を利用して情報を流せと言ってきたら、頬を引《ひ》っ叩《ぱた》いて即座に婚約を解消するだろう。

見損なうなと怒りもする。

「ありがとうございます。少し頭の中を整理して、ジュリアス様に機を見て伺おうと思います」

「そうした方がいい」

「それと、先ほどお話したエリーアス殿下が反対している件、調べてみますね」

少し元気を取り戻したリズは、自分の仕事に戻った。

昼休憩になるとひとりになれる場所を求めて、リズは『いつものところ』に向かっていった。

ジュリアスと過ごした物置部屋。

誰も来ないふたりだけの場所だ。

そこでゆっくりと考えたかった。

少し埃《ほこり》っぽいので指二本分くらい窓を開けて、窓枠に腰を掛ける。

——もしも、ジュリアスが本当にエリーアスを支持していたとしたら、リズとは仕事上敵ということになる。

プライベートに仕事を持ち込まないという姿勢は変わらないが、それでも気持ちが通じ合ったときに言ってほしかった。

リズだけには伝えておいてほしかったと思ってしまう。

それを公言することは宰相の立場上まずいことだと分かっているがそれでも、……なんてあまりにも勝手だろう。

もし、ジュリアスに事前に教えてほしかったと言えば、公私混同もいいところだ。

恋愛に踊らされて領分を忘れてはいけないと、己を叱咤した。

（ここで気持ちを切り替えていこう）

深呼吸をして気持ちを落ち着かせる。

目を閉じて、ジュリアスを思う。

「――それで、お前の方は上手くやっているのか」

ようやく気持ちを切り替えられてきたところで、ふと外から声が聞こえてきた。

正確には下からだ。

また誰かが密会をしに来たのだろうかと視線を落とすと、リズはギョッと目を剥《む》いて咄嗟に床に腰を下ろして隠れた。

(エリーアス殿下と……ジュリアス様)

どうしてあのふたりがこんなところにやってくるのだろう。

隠れて逢い引きに使うような場所で、人目から隠れるように。

見つからないように息を潜めつつ、ふたりが何を話しているのか聞き耳を立てた。

「ご希望に添える形で進んでいると思いますよ」

「本当か？　お前、私の命令に背いて自分にあの魔道具をつけたではないか。私はごろつきにつけてあの女とくっつけろと言ったんだ」

「俺がつけても結果は同じだったでしょう？　リズを婚約させるまでに至ったのですから。ちゃんとエリーアス殿下のお望みどおりにことは進んでいるかと」

(……何を)

次から次へと聞こえてくる『魔道具』『リズ』『婚約』という言葉。

それに緊張を走らせて、ドクリと心臓が嫌な音を立てた。

おそらく、これは聞いてはいけない話だ。

でも聞きたい、聞かなければと理性の部分が訴えかける。

もしジュリアスがリズを騙しているのであれば、それを知らなければ。

「ちゃんとあの女をたぶらかしておくんだぞ。ヒューゴからもそうだが、仕事からも遠ざけておけ。……まったく！　あの女こそこそと嗅ぎ回《まわ》りおって！　貿易の自由化だと？　冗談じゃない！　ヒューゴともども潰してやる！」

「殿下。そう興奮されて大きな声を出しますと、誰かに話を聞かれてしまいますよ」

「ふん。そんなやつがいたら消せばいい。私は王になる男だぞ」

ふたりの会話にゾワリと背中を震わせる。

今聞き耳を立てていることを知られたら、どうなるのだろう。

そのときは、ジュリアスはリズがエリーアスに口封じされているのをただ見ているだけなのだろうか。

好きだと触れてきた手で、結婚しようと言った口で無慈悲に別れを告げるのか。

「私が王になれるまであと少しだ。そのためにはあの邪魔な草案を潰しておかなければ。これからもあいつらが変な動きを見せたら、私に報告するんだ。いいな？」

「心得ております」

（……本当に、エリーアス殿下に手を貸していた）

リズは衝撃のあまりに言葉を失った。

しかも、味方をしているだけではなくヒューゴを潰すために手を貸していたということになる。

ただエリーアスの肩を持つのと手を貸すのでは大違いだ。

さらにそのために魔道具を使ってリズをヒューゴと仕事から引き離したと言っていた。その目的は何なのかは明確ではないが、何かしら企《たくら》んだ上のことだろう。

ジュリアスはそこまでしてエリーアスを助けていた。

（私を騙してまで……？）

信じがたい真実に、リズの心は慟哭《どうこく》する。

「……っ……ぅっ」

どうしよう、涙が止まらない。

嗚咽《おえつ》が出てきて、手で口を懸命に押さえ付けているものの聞こえてしまいそうで怖かった。

もし、これまでのすべてが計略なのであれば、やり返すために情報を集めなければいけない。

しっかりしろと、リズは懸命に自分を叱咤した。

いつの間にか話し声が聞こえてこなくなり、そろりと下を見るとすでにふたりの姿はなかった。

涙を拭い、リズは自分を落ち着かせることに努める。

先ほど聞いた話をヒューゴに伝えなければ。

そして、ジュリアスに一度真意を問い質して、もしもエリーアスとの癒着が真実ならば王に直談判《じかだんぱん》をして公正な審査ができていないことを訴えなければならないだろう。

それでジュリアスが宰相の地位を追われたらどうしよう。

そうなったら、リズはいったい。

「――盗み聞きなんていけない子だね、リズ」

いつの間にやってきていたのだろう。

いや、どうしてリズがここで盗み聞きをしていると分かったのだろう。

ジュリアスが物置部屋にやってきて、両膝を突いて打ちひしがれているリズを見下ろしていた。

「……どうして……ここに……」

「窓が少し開いているのが見えたからね。だから、俺たちの話を聞かれたかなと思ってやってきたんだけど……やっぱりリズだったな」

呆然《ぼうぜん》とするリズの腕を掴み、彼は立たせてきた。

足元がふらついたが、ジュリアスが腰を掴んで支えてくる。

今は触れられたくなくて暴れるも、彼はリズを抱きしめて逃げられないようにしてきた。

「……離して、ください」

「離したらどうする？　ここを出て、今聞いたことをヒューゴ殿下に報告する？」

「はい」

「なら、一旦、俺の話を聞いてから駆け込んでよ」

ギュッと力を込めてきた。痛いくらいに強く抱きしめてきたのだ。

「聞いてほしいなら、私の質問に全部答えてくださいますか？」

「うん、いいよ」

悔しい。

彼のこの落ち着きようが悔しくて仕方がない。

こっちはこんなに取り乱しているのに、涙で顔がぐちゃぐちゃになって、馬鹿みたいに苦しいのに、ジュリアスはこんなにも冷静な声を出している。

(でも、顔を見せていない)

ジュリアスの癖を思い出し、彼の胸を手で押した。

「顔を見せてください」

「ダメ」

「見せて話してください。じゃなきゃ、話を聞きませんから」

「ずるいなぁ」

くすりと笑うジュリアスは、ゆっくりと身体を離した。

「見せたから逃げないで」

けれども、リズはその顔を見て絶望する。

（……何、その顔）

彼は微笑んでいたのだ。

いつものように。

「こんなときに私にそんな顔を見せないでください」

「ごめんね」

「……ごめんなんて……どういうつもりで言っているのですか？」

「だって、リズを泣かせてしまったから」

ジュリアスはリズのこめかみにキスをしてきた。

いつもみたいに慰めないで、辛くなる。

「……魔道具事故は故意ですか？」

「そうだよ」

「私に仕事をさせないために？」

「半分はそう」

「ジュリアス様はエリーアス派ですか?」

「今はそうかな」

話を聞いたら何かが分かると思っていた。

けれども、聞けば聞くほど分からなくなる。

彼が何を思ってリズに魔道具事故に巻き込んだのか。そしてそれを今まで黙っていたのか。

婚約までしたのに、それがすべてエリーアスの命令だからだと言うのだろうか。そのために
リズに心を開いた振りをしてみせ、愛していると言ったのだろうか。

まんまとジュリアスに恋をし、身体まで明け渡したリズを愚かな女だと心の中で笑っている
のだとしたら。

(……裏切り)

そう捉えても致し方ない状況だ。

「君を騙していたのは本当。魔道具のことも全部ね。でも、君を愛しているのも本当だよ」

「それを私に信じろと?」

「信じてほしいと希《こいねが》っている。たしかに俺は君に嘘を吐いたけれど、リズへの愛も、俺が語った過去も想いも全部本当のことだから」

リズだって信じたい。

そこだけは嘘偽りないものだったと。

でもこの状況ですぐに信じるのは無理だ。

頭が混乱して上手く考えられない。

「リズ」

「……申し訳ございません。私、よく分からない……考えられなくて……」

「あの日、エリーアス殿下が魔道具を持って来たんだ。それを使って、君を貶《おとし》めろと命令してきた」

「だから待ってください！」

そんな淡々と進めないでほしい。何でもないような顔で話さないでほしい。

惨めになる。

怖くなる。

「……一旦、帰ってもいいでしょうか。この話は改めてしましょう。婚約の件も含めて」

「婚約の件もってどういうこと？」

「どういうことって……私を騙した人と結婚しろと言うのですか？」

できると思っているのだろうか。この状況で？

本気ですか？　と問うと、ジュリアスも少し動揺を見せていた。

「なら、否定してください！　エリーアス殿下に命令されて魔道具を使ったことを否定してよ！」

「ここで嘘を吐いたら、君はもっと俺を信用してくれなくなるだろう」

どうしてこの人は、ここでいつものように器用にけむに巻いてくれないのだろう。

どうして、どうしてと頭を巡る。

「無理です……今は、無理。貴方の顔を見ていられない」

苦しくて息ができなくなりそう。

リズはジュリアスの前で泣き崩れてしまう前に、その場から逃げようとした。

彼の腕を振りほどき、部屋の扉を開く。

だが、後ろから腕が伸びてきて、バタン！　と勢いよく閉じてしまった。

そして、その腕が再びリズの身体に巻き付いてくる。

「ダメだよ、リズ。言っただろう？　俺からはもう離れられないって」

「……離して……お願い……ぅンっ」

顎を掴まれたリズは、抵抗の言葉を封じられるようにキスをされる。

舌が入り込んできて、口内を好き勝手に犯される。

遠慮や手加減などひとつもない。

性急に服に手を挿し込まれ、下着の中にも侵入してきた。

肉芽を指で擦り、すぐにリズの弱いところを攻めて快楽に絡め取ろうとする。

悔しいがジュリアスに慣らされてきたリズの身体は、従順に反応を見せていた。

「……うっ……ぅンっ！　……ぁふ……うぅっ」

「あとでなんて嫌だ。今ここで理解して。俺の話をちゃんと聞いてくれるまで、俺の愛を分かってくれるまで逃がさないから」

くりくりと指先で肉芽を虐められると、秘所から蜜が零れて媚肉が震えてくる。触ってと訴えるように熟れて敏感になって、ジュリアスを受け入れる準備を始めていた。

もう彼に触れられるだけで悦んでしまうはしたない身体になってしまった。

だって、ジュリアスがそれでいいと言ってくれたから。

はしたなくてもいい。それを曝け出し合うのがいいのだと。

だから、心は待ってほしいと思っているのに、身体はそれを裏切る。

こんなことになっても、やはりジュリアスに求められるのが嬉しいのだ。

「ひぁっ！　あぁっ！　……や、だぁ……」

ピンっと肉芽を弾かれ軽く達してしまったリズは、ガクガクと膝を震わせて床に崩れ落ちた。

だが、すぐに力が入らない身体をジュリアスが抱え、近くにあったテーブルに押し倒す。

髪を掻き上げながら、ジュリアスはリズの上に覆いかぶさり顔を近づけてきた。

「あの魔道具、本当はどう使えって命令されたと思う？」

「……し、しらな……」

「適当に下衆な男に渡して、君と引き合わせろって言ったんだ、あの人は」

え？　とリズは目を見開く。

「この意味、分かる？　君にそういうことをしろってこと。それを俺に命令してきた」

「……どうしてジュリアス様に」

「まぁ、忠誠心を試すため、ってところかな」

彼は眉根を寄せ、嫌悪感を顔に滲ませていた。

エリーアスは面白いものが手に入ったと言い、他国から秘密裏に仕入れた魔道具を持ってきた。

そしてそれをジュリアスに渡し、面白いことを思いついたんだと下卑た顔を見せたという。

「あの人、とんでもない勘違いをしていてね。ヒューゴ殿下が君を気に入っていると思っていたんだ」

「……なんで、そんな」

気に入っているというのは部下としてではなく女性としてという意味だろうか。

エリーアスはヒューゴとリズをそんな風に勘違いしていたのかと驚く。

「だから、ヒューゴ殿下を打ちのめすために、リズを他の男に寝取らせることを思いついたんだよ。ついでに仕事の邪魔もできて一石二鳥だと得意げに話していた。――あのとき、彼を殺さなかった俺を褒めてほしいよ」

ゾッとするような低い声。

彼が実行しなかったにせよ、本気でそう思ったことが窺える声だった。

「冗談じゃない。ヒューゴ殿下を傷つけるために君を傷つける？　ふざけるなと憤ったよ」

「でも、それに従ったのですよね？」

「そうだよ。でもそれには訳があってね」

「訳って……」

そうこう話している間に、リズの秘所にジュリアスの屹立の穂先が当てられていた。

熱くて硬くて、いつもリズを悦ばせてくれるそれ。

逞しいジュリアスの雄が、入り口に潜り込むと一気に奥まで貫いてきた。

「ひあぁっ！　あぁ……ンぁ……あっ」

「ごめんね。まだそれは秘密なんだ」

根元まで何の抵抗もなく呑み込んだリズの膣は、屹立に絡みつくように蠢く。

きゅうきゅうと締め付けて媚びていた。

「こんなに俺に慣らされて、挿入れられるだけで悦んでいるのに本当に離れられる？　懸命に咥えこんで締め付けて、大好きって言っているのに無理だよね」

腰をゆるゆると動かすジュリアスは、子宮口を軽く突いてくる。

そこを一気に攻められると弱いリズは、焦らされるような緩慢な動きにゾクゾクと背中を震わせていた。

その先を欲しがってしまっているのだ。

「……そんな、こと……あぁうっ！」

欲しくないと自分に言い聞かせるために否定したが、ジュリアスは自分に向けられた言葉だと思ったのだろう。

腰を強く打ち付けて、グイっと気持ちいいところを抉ってきた。

目の前が明滅する。

快楽で頭が蕩けるような感覚がして、咄嗟にジュリアスの腕を掴んだ。

「俺は離れるなんて無理だよ。他の男に君を渡すなんて考えるだけでおかしくなりそう。……だから、あの魔道具を俺につけた。君を他の男に穢されるくらいなら、いっそ俺がって」

「……でも、あれは……あぅ……ン……ん……偶然、で……っ」

「偶然を装っただけだ。君が俺にぶつかってきたとき、避けようと思えばできたから。それに君が俺を訪ねてくるのは予想していた」

その日のうちに持ってくるように頼んでいた書類がまだ届けられていないこと、おそらくジュリアスに苦手意識を持っているヒューゴの側近らはいつものようにリズに頼むだろう。

そして、リズは断り切れない。

そう踏んで、リズがやってくる少し前に魔道具をつけた。

「どうして、そこまで……エリーアス殿下を……ひぅっ」

容赦なく突かれて言葉が上手く紡げない。

でも、それでも聞きたかった。

そこまで言うのであれば、何かしらの理由があるはずだと。

平等だったはずのジュリアスがどうしてエリーアスの言いなりになっているのか。

何か理由があるなら聞きたい。

彼はこんな卑怯《ひきょう》なことに加担する人ではないはずだ。

教師の横暴からリズを助けてくれたときから変わっていないと信じている。

「エリーアス殿下のためじゃない。俺のためだよ。全部俺がそうしたいと願ったからやった。

……でも、君を巻き込むつもりはなかった。本当にごめん」

一度屹立を抜き、リズをひっくり返して今度は後ろから挿入してくる。

また違う角度で攻められて、リズは甘い声を出した。

パン、パン、と肌を打ち付ける音が聞こえてくる。

ジュリアスの荒い息、自分の喘ぎ声。

そして。

「好きだよ、リズ。どうしようもなく好きなんだ。君の愛を一度でも知ってしまった俺には、君の愛を奪われて生きていくことなんてできない。もう無理なんだよ」

ジュリアスの愛の言葉が絶え間なく降り注ぐ。

肉棒が肉壁を擦り、子宮口を押し上げてリズをどこまでも追い詰めてきた。

「……リズ……リズ……」

「ひあぁ！　あぁっ！　あぁン……あぁっ！」

名前なんてこれまで何度も呼ばれてきたというのに、今はどうしても切なく聞こえてしまう。

彼が縋るように呼んでいるように思えて、胸が締め付けられた。

「ごめんね。勝手な男で。でも……こんな俺でも愛して……」

腰を大きく打ち付けられると、ゾクゾクと腰から背中に向かって快楽がせり上がってくる。

「あぁっ！　……あっ……あぁ……」

腰が痙攣して中がきゅうと切なくなると、絶頂を迎えた。

ほぼ同時にジュリアスも達し、精を吐き出す。

何度も何度も注ぎ込み、リズを穢し続けた。

うなじにかかるジュリアスの吐息が熱い。

当たっているところがぞわぞわして、それだけで気持ちよかった。

顎に手をかけられ、後ろを向かせられる。

目が合い、キスをされた。

唇が優しい。

リズは湧き出る愛おしさに、胸が締め付けられた。

「つまり、あの魔道具事故は私がエリーアス殿下に潰されるのを未然に防ぐための措置だったということですか？」

散々攻められて、絶頂の余韻からいまだに抜けきらない。

指一本今は動かせないくらい気怠《けだる》いが、リズはどうにかこうにか身体を動かし乱れた服を直そうとした。

だが、ジュリアスが先に手を伸ばしてきて、リズの服を整えてくれる。

「そういうことだね」

「でも、エリーアス殿下の味方だと」

「そう、今はね」

（……今は）

この言い方にひっかかりを覚える。

近い未来そうではなくなるような言い方だ。

やはり、リズには言えない事情があってエリーアスに従っているのではないだろうか。

その中で、エリーアスがリズに危害を加える計画を立てていると知って、自分がやると言って魔道具を使ってリズを自分の側に置いていた。

何故あんな勘違いをしたのか分からないが、エリーアスはヒューゴがリズに好意を寄せていると考えているらしい。

だからジュリアスとリズが結ばれたことでヒューゴが失恋し、気力を削《そ》ぐことができたと思い込ませることができているのだろう。

エリーアスのリズを見る意味深な目、あれはそれをたしかめるものだったのだ。

その状態である限り、リズには危害が及ばないという判断か。

たしかに、誰とも知らない男性とそんな関係を強制的に結ばされていたと思ったらぞっとする。

ジュリアスが魔道具をつけてくれたことはありがたい。

彼もまた身体を張った形になったのだから。

『殺してやろうかと思った』と口にするくらい憎い相手でもあるのに、それでもなおジュリアスはエリーアスの側にいるしかないらしい。

（つまり、今はのっぴきならない事情があってこんなことになっているということ）

リズの中でそう推察ができたときに、すっと結論も一緒に下りてきた。

「ジュリアス様」

「ん？」

彼がこちらを向いたのを見計らい、手のひらで軽く頬を打った。

ぺちん、と情けない音が出てあまりジュリアスには痛みを与えることができない平手だった。

「こんな可愛らしいもので気が済むの？」

「はい。……まぁ、本当は思い切り叩きたいですが、貴方はそれを望んでいるでしょう？　だから、意地悪をさせていただきました」

そう言うと、ジュリアスは苦笑していた。

やはり思い切り叩かれて罰を与えてほしかったのだろう。

まったく、この人はどこまでも難儀な人だと溜息を吐いた。

「私はまだ貴方の婚約者ですか？」

「君が嫌だと言っても君の婚約者という立場に居座るつもり」

「でも、今の私たちは政治的には敵同士、ということでよろしいですか？」

軽く自分の頬を擦ったジュリアスは、リズのつむじにキスを落とす。

「それでいい。君と俺は敵同士だ」

「分かりました。それではこれからはそう思わせていただきます」

悔しいがこのキスにホッとしている自分がいた。

「……それともうひとつ。最初から言ってくだされば魔道具でこんなにも振り回されることはなかったのでは？」

ねめつけるように見つめると、ジュリアスはにこりと微笑む。

「そうかもね。でもあの魔道具を使わなかったら、エリーアス殿下は他の方法を取っただろう。

てでもね」

そうなると君を守れない。俺が君を直接守れる方法を取った方がいいと思ったんだ。君を騙し

そうだ、この人はこういう人だった。

ボリス夫人の不倫場面もわざわざリズに見せて証拠を突きつけてきたのだ。

リズに警戒しろと言うよりも、素知らぬ振りをして守る方を取ったのだろう。

「……本当に面倒な人ですね」

「ごめんね。それに、あの魔道具を手にしたとき思ったんだよね。これを使って、リズとの仲を深められれば一石二鳥かなって」

「ということはわざと？」

「だって、俺に苦手意識を持っている人間に好いてもらうには、まずは俺という人間を知ってもらわなきゃ。なら、強制的にでも側にいてもらうしかないだろう？」

理に適《かな》っているだろう？　と悪びれる様子もなく言われ、リズは頭を抱えた。

それにまんまと引っ掛かって恋に堕《お》とされたことは非常に悔しいが、たしかにあれがなければ今もなお、ジュリアスが苦手なままだっただろう。

「わだかまりはここにすべて置いておきます。さっきのビンタで相殺です」

ジュリアスの長い髪を手に取り、腹いせにグッと掴んだ。

そしてグイっとそれを引っ張り、自分からキスをした。

「でも、二度目は許しませんから。貴方の人生半分は私のもののはず。だから、これからはちゃんと半分背負わせてください」

もう一度キスをしたあとに、手を離す。

目を丸くして驚いているジュリアスの顔を見て、気分が良くなったリズはテーブルから降りた。

「全部終わったら、ちゃんとリズに話すよ。それまで待っていてほしい」

「いいですよ。待ってあげます」

ちゃんと待っているから。

これまでふたりで描いてきた未来がちゃんとやってくると信じているから、今は互いにやるべきことに目を向けよう。そう思いながら彼に背を向ける。

すると、ジュリアスはリズを抱きしめてきた。

「愛している、リズ」

切なそうな声、眉根を寄せて別れを惜しむような顔。

「私も愛していますよ」

リズもきっと同じ顔をしているだろう。

けれども今は、その愛を信じている。

「……リズ……」

第六章

リズは、ジュリアスがエリーアスの側についていること、そのために魔道具を使っていたこと、でもそれには何かしらの目的があるらしいこと、そして、エリーアスがヒューゴがリズを好いていると勘違いしてあんなことをさせたこと、その全てを話した。

「何故あれはそんな勘違いを……」

話を聞いたあと、ヒューゴは眉間に皺を寄せて怒りを懸命に堪えていた。

信じがたいと言わんばかりの顔に、リズも思わず苦笑する。

「念のために言っておくが、私はお前にそのような感情を持ったことはないぞ。あくまで部下としてしか見たことがない」

「分かっています」

リズもヒューゴからそんな感情を感じ取ったことはない。

エリーアスがそう勘違いしたのは、単に互いに恋人も婚約者もいないこと、ずっと仕事で側にいること、そしてリズが貴族令嬢だからそんな邪推をしてしまったのだろう。

妄想が逞しいにもほどがある。

「私がお前に惚れたとなったら、あれが黙っていないだろう。それこそ何をされるか分からん」

「……え？」

「ジュリアスだ。あいつは随分と前からお前に惚れていただろう？」

ヒューゴにため息交じりに言われて、リズは動揺した。

どうして彼がそんなことを知っているのだろう。リズもそのことを知ったのはつい最近のことなのに。

「あいつは分かりにくいようで分かりやすい男だぞ？　お前の前では随分と人間らしい顔をする」

「……そ、それは……気付きませんでした……」

「ちなみにあいつが振り回すのは、気に入っている相手だけだ。特にお前のことは随分と振り回していたな。探させたり追いかけまわしたりと」

顔が熱い。

まさかあの行動にそんな意味が含まれていたなんて、考えもしていなかった。

「エリーアスは命知らずな勘違いをしてしまったようだな」

「そのようですね……」

私はそんな命知らずなことはしないとヒューゴが言っていて、なんだか恥ずかしかった。

他の人から見れば、そんな風に映っていたなんてと新鮮な気持ちにもなる。

「難儀な男を愛してしまったな、お前は」

「もうその面倒くささすらも愛おしく思えてきてしまうほどに重症です」

愚かなくらいに愛している。

でも、その愚かな愛が今はリズの大きな糧になっていた。

「宰相閣下が今後も何かしらの策をとられていると思うのですが、私には教えてくださいませんでした。けれど、おそらく私たちを守るためだと考えてもいいと思います。決してヒューゴ殿下に不利になるようなことでもないかと」

「あいつをそこまで信じるのも考えものだな。本当にそれでお前は苦しくならないのか？」

遠慮ひとつない問いに、リズは思わず笑いそうになった。

たしかにこれでも信じるなんて、ヒューゴからすれば愚かだろう。

でも、信じるしかないのだ。

ジュリアスがあそこまで言うのであれば、信じてみるしかない。

「私なりに彼から聞ける話は聞きました。その上で判断したんです。それでもし、騙されていたら私の目が曇っていたということですし、そんな彼を愛し信じた私が愚かだっただけのことです」

その責任は自分が取る。

その覚悟であの物置部屋で別れた。

「もし、ジュリアス様が罪を犯すような真似をしたら、私が責任を持って償わせますし、一緒に償います。それにちゃんと制裁は加えました」

彼の人生の責任を半分持つ、何かあれば助ける。

そうジュリアスにかけた言葉は違《たが》えたくない。

これは彼のためであるし、リズ自身のためにもそうだ。

「どちらにせよ、ジュリアスがお前を守ってくれた形になったということか。それには私も感謝しないといな。……私のせいでもしもお前が誰とも知らない相手とそうとなっていたら、好意がなくとも大切な部下だ。エリーアスの言う通り打ちのめされていただろう」

これまで散々彼にしてやられてきたが、ここにきてさらに追い詰めるようなことをするとは思っていなかったのだろう。

しかも、自分の部下が巻き込まれている。

ヒューゴは許しがたいとふつふつと怒りの炎を滾らせていた。

「しかし、エリーアスがそこまで貿易自由化を反対する理由はなんだ」

「貴族に反対する人間が多いからでは？」

「なら、議会に通しても却下されて終わりだ。それは分かっているはずだろう。わざわざリスクを冒してまですることなのか……」

　たしかにどこか躍起になっている感じがする。

　これが通ってしまったら困るから潰そうとしているのだ。

「私たちが草案に盛り込んだ内容に、エリーアス殿下自身に不都合な何かがあるということですよね」

「まずはそれを精査する必要があるか」

　そう結論付けたヒューゴは執務室の扉を開けて、すぐそこにいるスザンナに声をかけた。

「スザンナ、すぐに来い。いつまでも腐っている場合ではないぞ」

　呼ばれた彼女は慌ててヒューゴの執務室に入り、緊張を滲ませながらヒューゴの前に立った。

「これからお前たちが出した草案を再度検討する」

「でも、もう……」

　諦めているスザンナは、俯き後ろ向きな発言をしようとしていた。

　だが、その前にヒューゴがそれを止める。

「エリーアスがこの草案をどうしても潰したいと思っているようだ。しかも躍起になっているらしい。それほどあいつは焦っているらしいが……ここで引き下がるつもりか？」

　スザンナが顔を上げて、ヒューゴをじぃっと見たあとにリズにも目を向ける。

　それからヒューゴから説明を受けていた彼女は、様々な表情を見せていた。

「リズを襲おうとした」

リズが狙われたという話に顔面を蒼白《そうはく》にし、徐々に真剣なものに変わっていく。

「もしかすると、お前にも危険が及ぶかもしれない。今、ここで諦めるという選択を取った方が楽だろう。だが……」

「やります！　やらせてください！」

ヒューゴが言い切る前に、スザンナが言葉を重ねる。

その目には諦めではなく、闘志が宿っていた。

「なら、もう一度やってやろう。どちらが王に指名されるかは、もはや時間の問題だ。ならば、これが打開策になるのであればやるしかない」

ヒューゴの言葉に、リズとスザンナは力強く頷いた。

それから三人で話し合い、今後どうしていくのかを決めていった。

「まずは表立って動かない。公には俺たちはこの草案を諦めたふりをする。裏で動いて、エリーアスが何故これを潰そうとしているのか。それからどう変えていけばいいのかを模索しよう」

さっそく作った草案を見返して、何がエリーアスの逆鱗《げきりん》に触れたのかを探す。

自由化そのものがまずいのか、それとももっと他の要因だろうか。

「もしかしたら、許可状ではないですか？　私たちの草案には許可状の廃止を盛り込んでいます」

「その代わりに、検査官を置いて不正な取り引きがされていないか、違法なものを持ち込んだりしていないかを抜き打ちで検査をすることにしていますが……」

リズとスザンナは顔を見合わせて、次にヒューゴを見た。

「現状、許可状を出された貴族に一任している。目録の提出を義務付けてはいるがその実、やりたい放題だ。……もちろん、どんなものでも取り引き可能だ。たとえば、魔道具とか」

ジュリアスも言っていた。

あの魔道具はエリーアスが持って来たものだと。

国内では見かけない最新の魔道具。

それを違法な輸入で手に入れているとしたら。もしかしたらそれ以外の物も違法に手に入れているとしたら。

万が一、それを暴かれたくなくて密かにリズたちを排除しようと目論んでいたのであればつじつまが合う。

それ以上の理由も隠されている可能性もある。

「もしそうだと仮定して、まずはどの貴族に許可状が出ているのかを確認するところから始めますか」

「そうだな。そこから虱潰《しらみつぶ》しに探していき、あたりをつけていこう」

貿易の許可状は財務長官が出している。

つまり、もしもエリーアスがそれにかかわっているのであれば、その長官に圧力をかけるなり賄賂を渡すなりをして操っている可能性がある。

「そうなると長官の周辺を探るべきか……」

「あの方はエリーアス殿下の母方の実家との付き合いが長いので、どうあっても私たちには口を割らないでしょうね。それどころか口すらきいてもらえません」

高圧的で貴賤と同族意識が高い、決して好かれるタイプではない人だ。

母親の身分が低いヒューゴを馬鹿にした発言も多々見受けられ、エリーアス派の筆頭とも言える人物だろう。

「そこを攻めるより、より確実な奴がいる。私に借りがあって、許可状に関しても詳しい男が」

「誰ですか？」

スザンナがヒューゴに問いかけている横で、リズは今の言葉でピンときた。

「財務副長官ですね。ボリス侯爵夫人と不倫をしていた」

「ああ。奴なら揺さぶることも可能だな」

たしかにあの人ならうってつけだ。

ヒューゴがボリス夫人を説得し副長官と別れさせた。

本来なら不倫の事実を使って脅すことはしたくはないが、今は手段を選んでいられないだろう。エリーアスも手段を選んでいないのだから。

（もしかすると、ジュリアス様があの不倫の話を私に教えたのは、これを見越してのことだったりして……？）

「これもあいつの掌《てのひら》の上か」

ヒューゴも同じことを考えていたらしく、リズは苦笑いを浮かべた。

彼もそう思うということはやはりそうなのだろう。

「ボリス侯爵にお手伝いをしていただいた方がいいかもしれませんね」

リズがそう言うと、ヒューゴはにやりと笑う。

「そうだな。不倫相手の旦那を目の前にした間男がどれだけ口が軽くなるか、見せてもらうとしよう」

後日、ボリス侯爵に協力を仰いだところふたつ返事で承諾を得ることができた。

乗り気で、財務副長官を締め上げる気満々だ。

話があるとボリス侯爵が彼を呼び出し、その場にヒューゴとリズも立ち会うことになっていた。

ボリス侯爵からの呼び出しというだけで生きた心地がしなかったのだろう。

現れたときは顔が真っ青だった。

「さて、ここに君を呼んだのは私に借りを返してほしいからだ。……何のことか、身に覚えがあるだろう?」

ボリス侯爵が低い声で凄むと、そこからはするすると聞きたい話を聞くことができた。

ジュリアスの父――前宰相時代から、エリーアスの母方の実家が財務長官に金を渡し、特定の貴族に貿易許可状を出させていたらしい。

逆に許可状を出さないようにと圧力をかけるときもあった。

許可状を得た貴族は輸出品目の目録の提出が必要となるが、それはすでに形骸化しており、チェックはほぼされていない。

だから、違法性のあるものも輸入し放題状態だと言う。

むしろそれを狙ってエリーアスの母方の実家に金を払って便宜を図ってもらう貴族もいるのだとか。

すでに悪習化しており、財務省の中では当たり前のことになっているらしい。

そして、エリーアスがこれを自分の王位継承争いに利用し、味方を集めているのだと。

「だから、エリーアス殿下はあんなにあの草案を潰そうと躍起になっているのですね」

「母方の実家の裏家業を引き継いだようなものだからな。それを潰したとなれば、エリーアスの祖父も黙っていないだろう。利益を貪っていた貴族たちも一気に反旗を翻す可能性だってある」

だからこそ少しの綻びも許せなかったのだろう。

万が一のことも恐れて、リズたちの草案を潰そうとした。

「まったく……陛下が病床にいるのをいいことに前宰相が好き勝手していた結果だな。だから、ああいった利権争いは好きではないのだよ」

ボリス侯爵がため息交じりで言う。

前時代の悪習がいまだに残っていることが原因だと呆れていた。

「ヒューゴ殿下が戴冠されたときは、不正は一掃してくださると期待してもいいのかな？」

「当然だ。だが、糾弾するための証拠が必要なのだが……」

ヒューゴが副長官に目を配ると、ボリス侯爵も同様にそちらに目をやった。

すると、副長官はびくりと肩を震わせたあと、恐る恐るこちらを見てくる。

「そ、それを僕に用意しろとおっしゃるのでしょうか……」

「なに、簡単なことだ。お前はエリーアスに便宜を図ってもらいたいと言っている貴族がいると言えばいい。――このボリスが貿易業に手を出したいとな」

これは囮《おとり》だ。

わざとボリス侯爵が許可状を求めていると切り出し、エリーアスが何かしらの要求をするかどうかを見るのだ。

彼にとって、ボリス侯爵はどうしても落としたい巨頭だろう。

自分に靡《なび》かない人物として注目しているだろうし、何よりすべてを手に入れたがるエリーアスにとっては願ってもいない話だ。

食いつくかは賭けではあるが、ヒューゴはエリーアスがかかると踏んでいる。

だからこそ、ボリス侯爵に協力を要請したのだ。

「分かりました。……でも、そのぉ……これは僕にとって危険な橋を渡るようなものでして……そこまでする代償がほしいと言いますか……できれば夫人ともう一度会いたいなと……」

そんな中、副長官が見返りを要求してきた。

リズはその図々《ずうずう》しさに驚き、ヒューゴは眉間に皺を寄せていたが、ボリス侯爵は「ハッ！」と声を上げて笑っていた。

「お前は私に要求できる立場ではないはずなのだがな……。厚顔無恥というのはお前のような人間のことだ。だが、残念だが妻は今お仕置き中で別荘にいる。まぁ、人様には見せられない姿になっているだろうな」

「……い、言ってみただけですから。申し訳ございません」

副長官は地面に頭を擦りつけながら謝り、償いにぜひ協力させてくださいと言ってきた。

笑ってはいたが顔が殺気立っていたものだったので、分不相応な願いだと理解できたらしい。

「しっかり働け。お前の働き次第では、私の妻との不倫に関してこれ以上責めることはしない」

ボリス侯爵の脅しが利いたのか、後日、エリーアスは貿易許可状を求めたボリス侯爵に便宜を図ろうと対価を要求してきた。

エリーアスを全面的に支持すること、こちらが要求した品を積極的に輸入すること。

このふたつを条件にしてきたのだ。

さらに副長官によって貴族が財務省に提出した輸入目録を手に入れた。

匿名でその貴族が違法なものを輸入していると通報し、軍に荷物検査をさせたところ輸入目録に記していないものが大量に見つかる。

そのほかにも財務長官の不正の記録、エリーアスに便宜を図った記録なども副長官が手に入れてきてくれたのだ。

「長官が失脚すれば僕に役職が転がり込んできますからね。こうなれば喜んで協力しますよ」

どこか吹っ切れたのだろう。

こちらが望んでいる以上の証拠を持ってきてくれた。

「これくらい集まれば、十分陛下にエリーアス殿下の不正を告発することはできると思います」

特定の貴族と癒着していること。

そのせいでこの国の経済は滞り、危険な魔道具や薬物がはびこる結果になっていること。

悪習とも言えるこれを早く是正しなければ、この国は衰退するばかりだ。

それにかかわっているエリーアスに対し、何らかの処置を行ってほしい。

これらの内容を盛り込んだ陳情書をつくり、国王に提出することにした。


(緊張する……)

リズはジュリアスの執務室の前でしばし佇《たたず》む。

彼に提出する書類を持って来たのだが、仕事とはいえ顔を合わせるのが久しぶりで気軽に扉をノックすることができなかった。

ジュリアスとはあの物置小屋で別れて以来会っていない。

今は政治上の互いの立場を優先させて、すべてが終わったら結婚しようと話をしたが、やはり気まずさが残る。

本音を言ってしまえば寂しい。

ずっと側にいたから、急に彼がいなくなってジュリアスのぬくもりが近くにないことが辛くて仕方がなかった。

お風呂に入っているとき声が聞こえない。

髪の毛を梳《と》かして綺麗に整えてくれる丁寧な手の感触がない。

夜、抱きしめて眠ってくれていたその人がいない。

夢で会えても、朝にはいなくなる。

そんな日々が苦しくて、今では屋敷に帰るのも辛くて余計に仕事に力が入ってしまっていた。

深呼吸をして扉をノックする。

ヘイデンの声が聞こえてきて部屋の中に入ると、ジュリアスの姿はなかった。ヘイデンひとりが執務室にいたのだ。

「書類をお持ちいたしました」

てっきりいると思っていたからだろうか。少し動揺している自分がいる。

だが、思い返してみれば、以前は執務室にいる確率は半々だった。いつもどこかにふらりと出かけてふらりと帰ってくる人だ。

リズが訪れるとそこにいると勘違いしていたのは、どんなときも隣にいたからだろう。そう勘違いするようになってしまっていたのだ。

「ありがとうございます。宰相閣下にお渡しいたします」

「よろしくお願いいたします」

期待をしていた。

会えると思い、あんなに緊張していたのに肩透かしを食らった気分だった。

「いつものところですよ」

ヘイデンが脈絡もなしに言ってきて、リズは瞬く。

「いつものところです、リズさん」

言葉は少ないが、彼が何を言わんとしているのか分かって、リズは目を大きく見開いた。

でも、会いに行ってもいいのだろうか。

敵になると言ったのに、彼と会ってもこの気持ちが緩んだりしないだろうかと不安になる。

「おふたりに何があったか存じ上げませんが、長年の経験から言わせていただきますと、会いたいときに会いに行った方がいいですよ。何があるか分からない世界ですから」

特にこの仕事は不穏なことが多い。

どんな計略が待ち受けていて、それに自分が陥るのか分からないのが常だ。

だから、迷ったときは心に従った方がいいのだとヘイデンは言う。

「ありがとうございます、ヘイデンさん」

彼の言葉に迷いが消え、リズは頭を下げたあとに部屋を出る。

そして真っ直ぐ二階の物置部屋に向かい、今度は迷うことなく扉を開けた。

「驚いたな、リズ。君がここに来てくれるなんて」

「偶然ですね。私も休憩をしに来ました」

扉を閉めて、ジュリアスのところまで歩いて行く。

いつものように窓枠に腰を掛けている彼は、こちらをじぃっと見つめて目を離さない。

リズもまた見つめ返して目を離さなかった。

「座る?」

「やめておきます」

一度隣に座ったら、離れられなくなりそうだ。

そのかわりにジュリアスの手に自分の手を伸ばす。すると、あちらから手を握ってきてくれた。

「寂しかった。以前は君が隣にいないことが当たり前だったはずなのに。もう君なしの生活は俺にとっては辛いものになってしまったようだ」

「もう弱音を吐くのですか？」

「そんなこと言って、リズも寂しかったんだろう？　そう顔が言っている」

寂しかったって顔をしているよと言われ、リズは手で自分の顔を軽く隠す。

「抱きしめてもいいですか？」

でも、やっぱり寂しい気持ちは隠し切れなくて、ジュリアスに会ったらますますその想いが募ってきて、触れたいと願い出た。

「うん、抱きしめて」

リズが抱き締める前に、ジュリアスが背中に手を回して抱き着いてきた。

胸に顔を埋めて、まるで子どものようにくっつく。

リズもまた彼の頭を抱きしめて、互いの寂しさを癒やしていた。

何を話すでもなく、近況を聞くでもなく、ふたりは無言で抱き合う。

むしろ言葉なんかいらなかった。

口を開いたらまた変に寂しさが募るだろうし、敵同士の会話にもなりかねない。

ただ互いのぬくもりを貪るような時間でありたい。

そう思ったのはリズだけではなく、ジュリアスもまた願ってくれたのだろう。

心地のいい静寂の時間が流れた。

随分とそのままでいたが、そろそろ仕事に戻らなければと手を離す。

ジュリアスもまたそれを合図に手を離し、リズから距離を取った。

「ヘイデンさんに書類を渡しています。あとで確認してくださいね。……ここにはそれを伝えに来ただけですから」

「分かった。わざわざ教えに来てくれてありがとう」

建前の会話をして、また元の立ち位置に戻ろうとした。

ところが、ジュリアスがグイっとリズの手首を引っ張ってきて、耳に唇を寄せてきた。

「……エリーアス殿下が君たちの動きに勘付いている。俺が君を諦めさせたと言っているが、それもそろそろ限界のようだ。気をつけて」

内緒話をするように小さな声で伝えてきて、ジュリアスはスッと手首から手を離した。

「分かりました」

リズは頷き、物置部屋を出た。

扉を閉めて、深く深呼吸をしたあとに、両手で自分の頬をパチンと叩く。

「……よし！」

気持ちを入れ替えて、その場を後にする。

心なしか元気になった気がして、リズの足取りは軽くなった。


「できました！　スザンナさん、これで明日陛下に陳情できますね」

リズはできあがった陳情書をスザンナに見せて喜んだ。

彼女も「やったわね」と喜んでくれて、リズはようやくエリーアスに次の一手を打てるとホッと胸を撫で下ろした。

「ヒューゴ殿下に最終確認をしてもらおうかと思ったけれど、不在のようですね」

「それなら、私がチェックしておくわ。もう今日は帰るでしょう？　家で見て、明日修正点とかあったら共有するから」

「ありがとうございます。助かります」

陳情書をスザンナに渡してお願いをする。

この手の書類は不備があったらせっかくの訴えも台無しになってしまう可能性もあるので、慎重に慎重を重ねたい。

スザンナに挨拶をしてそれぞれの帰路に就く。

リズも馬車を待っていたのだが、ふと視界の端に帰ったはずのスザンナが映った。

帰ったはずの彼女が何故か城の中に引き返していったのだ。

忘れものか何かだろうか。そう思って一度は気にしなかったが、ふとジュリアスが気をつけろと言っていたことを思い出した。

彼女もまた狙われる可能性のある人だ。しかも陳情書を持っている。

スザンナを守る意味でもついていった方がいいだろうかと考え、彼女のあとをついていった。

職場に戻ると思いきや、彼女はそちらの方面ではなくまったく別のところに向かっていく。

(……いったいどこに)

声をかけようと思ったが、徐々に職場から離れていくスザンナの後ろ姿に不安になり、タイミングがつかめず後ろをついていった。

廊下を曲がった先、中庭の方へと向かっていくスザンナに不安を覚える。

もう日は暮れていて真っ暗だ。

そんな中、明かりがない場所に入っていくなんて危ないだろうと、やはり引き留めるために駆けつけようとした。

すると、スザンナが鞄《かばん》から何かを取り出し、誰かにそれを渡していた場面が目に入った。

リズはそれを見た瞬間に飛び出し、スザンナのもとに駆け付ける。

それと入れ替わるように彼女と一緒にいた人物は足早にそこから去っていった。

「待って！　返して！」

追いかけようともすでにその人物は遠くに行ってしまい見失ってしまう。

代わりにスザンナの方を振り返り、彼女の肩を掴んだ。

「今、あの人に渡したのは陳情書ですよね⁉　あの人は誰です！」

ヒューゴや側近仲間であればあんなひと気のないところでこそこそ渡す必要はない。

本来なら渡してはいけない相手だからこそここを選んだのではないか。リズは嫌な予感に胸を騒がせながらスザンナを問い詰めた。

「……ご、ごめんなさい……」

彼女はぶるぶると震え、青褪めた顔をしながら謝ってくる。

謝るよりも先に相手の素性を教えてほしいが、スザンナの様子があまりにもおかしい。

背中を擦りながら、「スザンナさん、落ち着いて」と懸命に声をかけた。

すると彼女は涙ながらに地面に頭をつけて謝ってきた。

「本当に、本当にごめんなさい……。私、エリーアス殿下に、陳情書を渡してしまいました……」

どうしてそんなことを。

リズは愕然《がくぜん》とした顔でスザンナを見下ろす。

裏切ったのか、それとも何かしらの目的があるのか。

どちらにせよ、あんなに苦労して作り上げたものを、未来を一を緒に夢見て作ったものをスザンナ自身が台無しにするなんて信じがたい。

怒りに震えてしまうが、冷静になれと自分を叱咤した。

「……わけを話してもらえますか」

まずはそこからだと、リズはスザンナの前に両膝を突いた。

「……子どもを誘拐されました。証拠と陳情書を渡したら……解放すると言われて……」

「そんな……」

何て卑劣なことをするのだろう。幼気《いたいけ》な子どもを利用するなんて。

彼女が子どもをどれほど大事に思っているか知っているリズは心が痛んだ。やるせなさも込み上げてくる。

我が子を守るためならば何だってするだろう。

ジュリアスの命を助けてほしいと嘆願し、首を斬った彼の母親のように。

「大丈夫ですか?」

「ごめんなさい、ごめんなさい、本当に、ごめんなさい、ごめんなさい」

「落ち着いて。謝る前に私を見てください、スザンナさん。こっちを見て」

強い口調でお願いをすると、彼女は恐る恐る顔を上げてこちらを見てきた。

涙でぐちゃぐちゃになった顔は、見ているだけで胸が苦しくなるほどに痛々しい。

「まずはお子さんが無事かどうかをたしかめに行きましょう」

「……でも」

「おそらくヒューゴ様も同じことを言うでしょう。陳情書より、まずはお子さんです」

そっちを優先させるべきだと言うと、彼女は頷く。

リズの家の馬車でスザンナの家に急いで帰り、エリーアスが約束を守ってくれることを祈っていた。

すると、リズたちの馬車の前に、他の馬車がスザンナの家の前に停《と》まり、中から子どもが出てきたあとにすぐに去っていくのが見えた。

その子どもはスザンナの誘拐された子どもで、スザンナは走り駆けより抱きしめて声を上げながら泣いていた。

（無事でよかった……）

怪我もなく元気に帰ってきてくれたことに、心から安堵する。

一旦落ち着いたあと、スザンナは子どもを家族に預けて一緒に再び城に戻った。

何はともあれ、この状況をヒューゴに報告しなければならない。

陳情書をエリーアスに奪われたこと、そのためにスザンナの子どもを攫い彼女に持って来させたことも含めてすべて。

スザンナは自分の罪を自覚し、罰せられる覚悟を持っているのだろう。

硬い顔をして、城に向かう馬車の中でずっと黙りこくっていた。

「子どもは無事なのか。怪我などはしていないか？　直ぐに医者をお前の家に派遣してやる」

ヒューゴにことの経緯を説明すると、彼は真っ先に誘拐された子どもの体調を案じてくれた。陳情書よりもそちらのほうが大事だと言わんばかりの様子に、スザンナは泣き崩れる。

「どうしましょう。今からでも謁見の日にちを改めますか？」

さすがに今から作り直すのは難しいだろうと、リズはヒューゴに問う。

「いや、明日を逃せば次はいつになるか分からない。……陛下の病状も思わしくない状況だ。今日明日にも次期国王は発表されるか分からない中で、悠長に機会を窺っている時間はないだろう」

明日決着をつけるつもりですべてを注ぎ込んだが、今はそれが難しい状況だ。

リズは思わず悔しさに唇を噛み締める。

「奪われたのなら仕方がない。今から急いで代わりのものを用意しよう。スザンナ、できるか？」

「は、はい！」

泣いている暇はないと言われ、スザンナは涙を拭き立ち上がった。

一晩かけて陳情書を作り直したが、証拠類は奪われた陳情書の中にあるので一緒に出すことができない。

果たしてどこまでこれで説得力を持たせられるのか。

「あとは私たちの熱弁次第ということか」

ヒューゴの言葉に緊張が走る。

今、やれることはやった。

明日、国王の前でできることをやるだけだと、リズは挫けそうになった心を強く持つ。

そうヒューゴに言われて、頭に浮かんだのは長い黒髪の愛おしい人の姿。

「謁見まであまり時間はないが、休めるときに休んでおけ」

できることなら会いに行きたい。会いに行ってもいいだろうか。

少し迷いながら足は物置部屋へと向かっていく。

何かあればすぐにここに来てしまう。

きっと、偶然でもいいからジュリアスに会えないだろうかと期待しているのだろう。

扉を開ければそこにジュリアスがいて、「こんにちは」と笑みを浮かべている。

その姿を思い浮かべてドアノブを回したが、窓際にジュリアスの姿はない。

「……それはそうよね」

独り言ちて、リズはゆったりとした足取りで窓際に行き、そこに腰を掛ける。

徹夜をしたのだから、少しは脳と身体を休めなければ。

興奮か緊張か分からないが眠気を一切感じることができないが、リズは無理矢理目を閉じる。

眠ることなどできないだろうと思っていたが、ストンと微睡《まどろ》みに落ちることができた。

少し肌寂しい眠り。


「——こんなところで眠ったら身体に悪いよ」

寒かったはずなのに、覚えのあるぬくもりに包まれた。

トントンと背中を擦られ、こめかみにキスをされ、耳元で囁かれる。

「頑張ったね。もう少しだから……もう少しで終わるからね」

(……ジュリアス、様?)

目を開けて確かめたい。

でも、瞼《まぶた》が重くて開かなかった。


ふと眠りから覚めると、辺りには誰もいなかった。

(夢、かな……)

会いたいがあまりに見てしまったのだろうと自分で自分を笑おうとしたとき、身体にかかっている毛布が目に入った。

たしか、ここで眠る前はなかったはず。

ということは、誰かがリズの身体にかけてくれたことになる。

「……起こしてくれればいいのに」

毛布に顔を埋めて、本当は直接見たかったその人の顔を思い浮かべた。

敢えて起こさなかったのは優しさか、それともリズの心が緩まないようにと配慮してくれたのか。

どちらにせよ、ジュリアスの気配を感じることができて元気が出た。

(夢かもしれないけれど、「もう少しで終わる」と言っていたってことは、陳情は上手くいくからって励ましてくれたのかしら)

誰に何を言われるよりも、ジュリアスの言葉は信頼できるし励みにもなる。

きっと上手くいく。

そう確信し、リズは職場へと戻っていった。


謁見の場には王だけではなく王妃もいた。

今日は調子がいいようだが、長年病に臥せっている王を心配してのことだろう。

あのふたりは子どもこそもうけることは叶わなかったが、仲のいい夫婦として長年連れ添っている。それこそ、他の側妃が入り込む隙がないくらいに。

「お時間をとっていただきありがとうございます。このたび、両陛下にお目通し願いたいのは、我が国の貿易についての陳情書です」

現状許可状を出すことで各貴族に貿易の許可を出しているが、その審査にエリーアスと彼の母方の実家が深くかかわっており、彼らに便宜を図らないと許可をもらえない状況にあること。

それを利用してエリーアスがこの王位継承争いを有利に進めていること。

「これは前宰相時代から続く政治の腐敗の一端であり、国の繁栄のために排除すべき悪習です。私はそれを正し、新しい時代を築きたい。どうかこの陳情書をお読みください」

そして、正しい判断を。

ヒューゴは王に陳情書を渡し、頭を下げた。

リズたちもその後ろで彼に倣う。

王は王妃とともにそれに目を通し、頷きつつも王妃と話をしていた。

どんな決断を下されるのか、その表情からは読み取れずに緊張を走らせていると、王は陳情書を読み終えてヒューゴの名前を呼ぶ。

「これには、エリーアスが不正をしているという供述と一部の貴族たちが暴利をむさぼっているという話が書いてあるが、それを裏付ける証拠はあるのか」

「ボリス侯爵が証言してくださいます。貿易の許可状を求めたときにエリーアスより金銭要求と条件を提示されたことを、お話してくださると約束をいただいております」

「それ以外の者の証言は」

「ありません。ボリス侯爵の供述しか得られませんでした」

王は渋い顔をしていた。

「その他に証拠は」

「……残念ながら、今は……」

エリーアスに奪われてしまい、すぐに用意することができなくなってしまった。

リズも、そしてスザンナも悔しさで顔が歪む。

「ですが、不正は起こっております。違法なものが国に持ち込まれ、それを高値で売りさばいている。財務省は監査機関としての機能を失い、エリーアスの言いなりです。どうか陛下主導で捜査を始めてくださいませんか。そうすれば必ず……！」

「お待ちください、陛下」

ヒューゴが食い下がろうとしたとき、エリーアスが謁見の間に現れる。

いつものように大勢の側近を従え、ぞろぞろと大仰に。

突然の登場に驚き戸惑っていると、エリーアスは王に書類を差し出した。

「ヒューゴがお話していることに関して、私も陳情書を提出させていただきます」

どくりとリズの心臓が大きくうねる。

どうしてエリーアスがと不安な面持ちでことの成り行きを見守っていると、王はエリーアスの陳情書にも目を通し始めた。

「……エリーアスは、ヒューゴの方が貿易の自由化をちらつかせて他の貴族たちから賄賂を受け取っていると言うのか」

「はい。そのようにヒューゴから話を持ち掛けられたと証言している者がいます。本日連れてきましたので、どうぞその者の話をお聞きください」

そう言ってエリーアスが紹介したのは、財務副長官だった。

こちらに協力してくれていたはずの彼がエリーアスの証言者としてここにいたのだ。

「……ひゅ、ヒューゴ殿下は、ぼ、僕に、長官がエリーアス殿下から賄賂をもらい、許可状を発行する貴族を選んでいるという証拠を捏造《ねつぞう》するようにと脅してきました……」

「その捏造された証拠がこちらです」

エリーアスが昨日スザンナから奪ったはずの証拠を王に渡す。

あれをエリーアスの不正の証拠ではなく、ヒューゴが副長官に捏造させたものであるように細工をしたのだろう。

ヒューゴも見せてもらっていたが、見る見るうちに顔が歪んでいった。

「陛下、これは捏造ではなく本物です。エリーアスが長官と繋がり、違法なものを輸入させている証拠です。先日の軍の捜査でもそう報告が上がっております」

「それこそ、ヒューゴが軍に手を回したのでは？　そういう結果が出るようにと軍に働きかけたのでは？　お前は彼らと交流があるだろう。私と違ってな」

ヒューゴの言葉を次から次へとエリーアスは潰していく。

まるで、すべてこちらがでっち上げたものだとでも言うように。

「いくらでも証拠を出すといい。だが、大勢の貴族が私の味方をし、お前の不正を証言してくれるだろうさ」

さぁ、それでも戦うのか？　とエリーアスは勝ちを確信した顔をしてみせた。

まさかここでエリーアスが登場し反論するとは思っておらず、しかもヒューゴを嘘つき呼ばわりするとは。

懸命にヒューゴも反論しているが、リズの目から見ても分が悪いように思えた。

もっと慎重に行動を起こすべきだっただろうか。

だが、王位継承権がエリーアスに渡ったあとではどうすることもできない。

時間がない中、やれることをなすためには今しかなかった。

それでもなお、ヒューゴたちの正義が王の耳に届かないのであれば仕方がないのかもしれない。

ふと握り締めた拳の力を緩めた。

（……ジュリアス様）

彼はこれでいいと思っているのだろうか。

宰相として、前宰相の息子として、エリーアスの好きなようにさせたままでいいのだろうか。

期待をしていた。

彼が何かをしてくれるのではないか。

変えてくれるのではないかと。

『今はエリーアスの味方』という含みを持たせた言葉に縋って、彼を盲目的に信じたかっただけなのかもしれない。

実際は恋に溺れたリズをただ利用していただけなのだとしたら。

（……お願いだから信じさせて、ジュリアス様）

愚かな考えだよと言ってほしくて、ジュリアスの余裕を浮かべた笑みを見たくて仕方がない。

「そこまでよ、貴方たち」

——ところがヒューゴとエリーアスの言い争いに終止符を打ったのは、意外にも王妃だった。

悠然とした姿で椅子に座り、ふたりを見据えている。

「今の貴方たちの話だけでは、どちらが真実かは分からないわね」

「そんな、王妃様。どちらが正しいか明らかでしょう」

王妃の言葉を鼻で笑うエリーアスは自分が正しいのだと改めて主張する。

だが、王妃はその言葉を軽く受け流し、手を二回叩いた。

「ジュリアス、こちらに」

するとどこからともなくジュリアスが現れ、王妃のすぐ隣に並んだ。

「ふたりが競い合う姿を見てきたジュリアスに聞いてみましょうか。ねぇジュリアス」

「はい、王妃様」

彼は恭しく頭を下げる。

――ジュリアスはこの場で何を言うのだろう。

ようやく見せてくれた姿に安堵しながらも、どんな展開になるか分からず緊張を高まらせた。

「ジュリアスも私と同じことを言うと思いますよ、王妃様。彼は私がヒューゴのやりように心を痛めていたところを相談に乗ってくださいましたから」

エリーアスは、ジュリアスは自分の味方だから聞いても無駄だと言う。

ずっと彼が力を貸してくれていたのだから、エリーアスが言っていることが正しいと証言してくれるだろうと。

「そうなの？　ジュリアス」

「ええ、その通りです。王妃様」

ジュリアスの答えに、リズは息を詰まらせた。

やはりここでもエリーアスの味方のままなのかと絶望し、悔しくなる。

父親の時代から続く悪習を正すことなく、宰相で居続けるのかと彼を問い詰めたくなった。

「エリーアス殿下は随分とヒューゴ殿下の貿易自由化の草案に肝を冷やされたご様子で、どうにか潰すことはできないかと私に相談してきました。何やら、それを通されると困るようでして」

「あら……それは面白い話ね」

王妃が興味深そうな顔をしてにやりと笑う。

「ええ。ですので、私の方でも調べたところ、財務長官との癒着が発覚いたしました。ヒューゴ殿下がおっしゃっているように、他の貴族たちから金をもらい便宜を図っていたようです」

「……ジュ、ジュリアス……何を……」

さっきとは打って変わり、エリーアスの顔色が悪くなっていく。

そんなことはお構いなしに、ジュリアスはなおも続けた。

「違法なものを輸入させ、それを利用して利益を得たり協力を要請したりしているようです。こちら、エリーアス殿下が私に渡してきた魔道具です。違法性の高いものだと認識したうえで、これを使い、ヒューゴ殿下の側近であるリズ・ゼーフェリンクを貶めるようにと指示をしてきております」

あの魔道具を王妃に渡し、自分が証人ですとジュリアスは付け加える。

王妃はそれを手に取り、珍しいものを見るような目で眺めたあとリズに目を向けた。

「リズ・ゼーフェリンク令嬢。今の話は本当？　これの被害にあったと？」

突然話を振られて驚いたが、すぐに気を取り直して返事をする。

「その通りでございます。その魔道具のせいで仕事や私生活に支障が出ておりました。エリーアス殿下がそう仕向けたと聞いております」

「馬鹿なことを言うな！　王妃様！　すべて戯言でございます！」

唖然として言葉を失っていたエリーアスが、リズに嘘を吐くなと怒鳴る。

だが、王の前で手を出すことはできないらしく、手を震わせていた。

「ちなみにこちらにエリーアス殿下、ならびに外祖父がかかわっていたであろう不正の証拠も取《と》り揃《そろ》えておきました。貿易関係だけではなく、公的資金の横領に各省庁への圧力による業務妨害などなど多岐に亘ります」

ジュリアスがヘイデンに持ってこさせた資料は、両手に抱えるのがやっとの量だった。

それを王妃の側に置き、どうぞ差し出す。

「これは読むのが楽しみね。……そうでしょう？　陛下」

「そうだな」

王妃の問いに王が頷き、ちらりとエリーアスを見る。

その目には哀愁と侮蔑が入り混じっていた。

「これを査収した上で、再度先ほどの陳情に対する答えを出そう。その間、エリーアスは部屋にて謹慎をせよ。お前の実家の方も調べさせてもらう」

王が出した答えに愕然とし、エリーアスはその場に膝を突いて崩れた。

側近たちが彼を支えようと手を伸ばしたが、エリーアスは乱雑にそれを振り払う。

代わりにジュリアスを睨みつけていた。

「……な、何故だジュリアス……どうして私を裏切った……！　どうしてこんなことを！」

もうこの状況を覆すことは難しいと考えたのだろう。

矛先をジュリアスに向けて怒りのままに責めてきた。

「裏切るとは？　おかしいですね。貴方が勝手に俺を仲間だと思い込んだのでしょう？　父が貴方のご実家に従順だったからと、息子の俺もそうだと勝手に勘違いした」

「実際私に従順だっただろう！　あいつらの草案を潰し、リズ・ゼーフェリンクに魔道具を使った！　全部私が命じたことだ！」

必死にお前は自分の味方だったはずだと言い募るエリーアスを見て、ジュリアスは鼻で笑う。

「いいえ。私が従順に従っていたのは王妃様ただひとりですよ。そのために貴方の言葉にのっかってあげただけです。おかげでいろんな証拠を集めることができました」

「……どういうことだ。何故、王妃様が」

エリーアスの問いはリズの問いでもあった。

どうして王妃の命令でジュリアスがそんなスパイまがいなことをしていたのだろう。

「王妃よ。もう答えは出ているのだろう？　ならば、ちゃんと説明してあげなさい」

「はい、陛下」

恭しく頭を下げた王妃は、すっと椅子から立ち上がり、エリーアスとヒューゴの目の前に立った。

「王位継承者の決定権は私に委ねられています。これは貴方たちが生まれる前から決められていた、大事な大事な約束事なの」

王妃曰く、子を成す身体ではないと知ったとき、側妃を迎える代わりに約束をした。

将来、王の選定を行うことがあるなら、その決定権を自分に委ねてほしい。その条件を飲むのであれば側妃を迎えることを承認する。

もしも、拒否するのであれば今すぐにでも離縁してほしいと。

王は王妃を失いたくないために了承し、側妃を迎えることになったのだと話す。

「そうして貴方たちが生まれたのよ。陛下が王位を明け渡すとなったときにどちらがより王にふさわしいかを見極めるために、私の方でもいろいろと動こうとしたのだけれどなかなか難しくてね。それで、ちょうど学園長の不正について告発をしていたジュリアスに目をつけたのよ」

——王妃の目となり、ふたりを監視する。

それがジュリアスに課せられた役目だったと言う。

学園の不正は、ジュリアスの父親も関与しており、彼は父親の責任も王に問うていた。

王妃はその話に横から口を出し、王位継承争いに向けて父親を宰相の地位から退け、新たにジュリアスを宰相にすることを提案した。

「きっとジュリアスならば、その才をもってやってのけるでしょうと陛下に進言してね。実際、腐りきった学園をあそこまで立て直した実績もあったしね」

その能力と正義感、そして父親への反骨心を買い、王妃がジュリアスを宰相に起用したのだ。

「王妃様からそのお話をいただいてから、俺は父の宰相時代の腐敗ぶりに着目して、そのすべてを浄化するために動き出しました。議会も各省庁も随分と腐りきっていて驚きましたが」

まずは議会の膿をすべて出すために、エリーアスとヒューゴのふたりには草案を出してもらい、それを議会にかけることにした。

「誰がどの草案に賛成するか。どう動きかけるか。それを見て、誰と誰が繋がっているか。誰を議会から追放し、誰を残すべきかを見させていただきました」

「あくまで草案の提出はそれを見極めるためのものよ。もちろん、貴方たちがどんなものを出してくるかも重要だったけれど……それよりも、勝つためにどんな手を使ってくるかに興味があったの。どんな汚い手をね」

そうやって用意された舞台の上で、見事にエリーアスは踊ってくれた。

裏で貴族たちに働きかけ、ヒューゴたちの妨害をし、そして自分に都合が悪い草案を潰そうとリズを襲わせた。

さらに、不正を暴こうとしたヒューゴを追い詰めるために証拠を捏造し、陳情したその薄汚さは、まさに王妃が一掃しようとしている悪習そのもの。

「陛下。改めて進言いたします。ヒューゴこそ次代の国王にふさわしい。彼はこの国を真に思い、よくしようと動いておりました。草案もその信念に沿ったもの。それこそが、陛下が望んでいたものではないでしょうか」

（……凄い）

言葉に言い表すことができない衝撃、そして感動がリズを襲う。

きっとジュリアスは国のために動いてくれると信じていたが、まさかここまでのことをしてくれていたとは。

父親に復讐をすると言っていた彼は、父が長年宰相としてしでかしてきたことを清算するために王妃の目となっていた。

不正をすべて無くすために。

これがジュリアスなりの父への復讐なのだろう。

彼の生きざまを見せられた気がした。

ヒューゴに王位継承権が与えられ、エリーアスは敗北。

これぞリズがずっと願ってやまなかったことだが、あまりにも急展開過ぎてこれが現実かどうか分からなくなる。

夢であっては困るのだが、それにしてもジュリアスがあんな役目を担っていたなんて。

（私にも話せないはずよね。王妃様に依頼されているのであれば、何が何でも口は閉じていなしかも、彼が王妃の目となってふたりを見極めていたのであればなおのこと。エリーアスの懐に潜り込んでスパイのようなことをしていることを、たとえリズに対しても言えるはずがなかったのだ。

ようやくすべての真相を知ることができて、肩の力が抜ける。

本当にジュリアスが振りではなくエリーアス派だったらどうしようと思ったときもあったが、そもそもどちらの味方ということもなかった。

彼は彼の仕事をまっとうし続けたのだ。

「リズ」

皆で職場に戻る途中だった。

いつの間にか背後にやってきていたジュリアスが耳元で名前を呼んできて、リズは振り返る。その前に彼の肩に担ぎ上げられて、視界が急に高くなり慌てふためいた。

「ジュリアス様？」

「もう俺たち、敵同士でなくてもいいよね？　だから、我慢しきれなくて迎えに来たよ」

嬉しそうにリズを担いだまま声を上げて笑うジュリアスの姿を見て、スザンナたちは茫然としていた。

二人の仲を知らないスザンナ達からすると訳が分からないだろう。

「ヒューゴ殿下、このままリズを攫っていきます」

「あぁ。連れていけ」

まだ就業中だが、ヒューゴはそんなこと気にするなと許可を出した。

ジュリアスはそれを聞くや否や、すぐに歩き出し、リズを城の外にまで運んでいく。

「下ろしてください。自分で歩けますから！」

「嫌だ。このまま俺の腕の中にいてよ。もう離れたくない」

「だったら手を繋ぐなりすればいいでしょう。こんな目立つことしなくても……」

「手を繋ぐぐらいでは足りない。それに、こうしていたらリズが俺の物だってアピールできるだろう？　もう俺たちは結婚するんだから」

まるで駄々をこねる子どものようだ。

ずっと待ち望んでいたものが手に入ってはしゃいでいるようにも見える。

「そんなに嬉しいのですか？」

「嬉しいよ。ずっとまたリズと一緒にいられる日を待ち焦がれていたからね」

素直な言葉にリズも思わず笑みをこぼす。

「私も嬉しいです。ジュリアス様」

馬車に押し込められ長椅子に座ったと思ったら、彼はすぐに覆いかぶさってキスをしてきた。

「……ん……ぅン……ふぅ……ン、ンんぅ」

ぴったりと隙間なく重ねられた唇は、角度を変えて何度も貪られる。

舌を捩《ね》じ込《こ》まれて口内を蹂躙されたまま、ジュリアスは客車の天井をコンコンとノックをした。

馬車はゆっくりと動き出し、ジュリアスの屋敷に向かう。

その間、息もまともに吐けないくらいの激しく濃厚なキスを繰り返す。

唇を啄まれ、舌を舐られ吸われ、上顎をくすぐられて、唾液も啜られる。くちゅ、くちゅ、と卑猥な音が口から鳴り響き、その音がもっと聞こえるように指で耳を塞がれた。

頭をキスの音で犯されているかのよう。

脳が蕩けて、キスだけで達してしまいそうになる。

「……ん……ンんぅ……」

ゾクゾクと背中に快楽が走り、ちゅう、と舌を吸われたとき軽くイってしまっていた。

「……あ、ふぅ……あっ……あぁ……」

久しぶりだからか、それともジュリアスがまったく遠慮のない愛撫をくれるからか。

リズは服の上から身体をなぞられても気持ちよくなってしまうほどに敏感になっていた。

ジュリアスの部屋になだれ込み、ふたりで互いの服をはだけさせる。

すでに彼の下腹部はトラウザーズの上からでも分かるくらいに熱く滾っていて、待ちきれないと言わんばかりだ。

リズはそこに手を伸ばし、軽く撫でた。

「……っ……君に弄ばれると……はぁ……なんか、興奮するね……」

いつもはリズの方がジュリアスに弄ばれる方だった。可愛がられて、愛され尽くされる。

でも、今日はリズがそうしてあげたい。

ジュリアスを気持ちよくしてあげたかった。

ベルトを外し、トラウザーズのボタンを外すと、中から熱く滾ったそれを取り出した。

勢いよく飛び出したのは、硬くなり血管が浮き出た雄々しい肉棒。

鈴口がヒクヒクと震えて、先走りが滲んでいた。

「俺のものを可愛がってくれるの？」

「いいですか？」

「ん。いっぱい可愛がってあげて」

リズはその場に膝を突き、屹立の前に顔を寄せる。

目の前で見るとさらに大きく見えて、思わず息を呑み込む。

大きくて太くて、見るからに凶悪そうなこれがいつも自分の中に入ってきていたのかと、信じられない気持ちになる。こんな凶器のようなものに、いつも気持ちよくされていたのかと。

指先で触れて感触を確かめたあとに、それを両手で包み込む。

手から大きくはみ出ていて、すべてを覆うことができない。

両手を上下に重ねても亀頭の部分が顔を出していて卑猥だ。

その光景に圧倒されながら、リズは手を上下に動かし始めた。

ぎこちない動きだが、これでいいのだろうか。

ジュリアスの顔を窺うと、彼はうっとりとした目をこちらに向けていた。

「……そのまま動かして。上手だよ」

これでよかったのだとホッとし、リズは懸命に手を動かし続けた。

すると、屹立がまた一回り大きくなり、先走りの量も多くなる。

ビクビクと震えるたびに嬉しくなり、もっと気持ちよくなってもらうためにどうしたらいいのだろうと試行錯誤をした。

カリの部分を撫でたり、裏筋をくすぐったり。

そのたびにジュリアスの色気のある声が聞こえてきて、もっともっとと貪欲になる。

すると、ジュリアスがリズの顎に手を添えて、喉を指先でくすぐってきた。

「……そのまま口で銜《くわ》えること……できる？」

これを口に？　と戸惑ったが、ジュリアスもリズのあそこを口で愛でることがある。

それと同じだろうと考え、リズは静かに頷いた。

口を小さく開け、まずは舌先でそれを味わってみる。

穂先の部分を舐め、ゆっくりと舐る範囲を増やしていった。

先走りのしょっぱさが口の中に広がり、穂先を完全に口の中に収めると再び脈打つ。

血管が強く浮き出て、さらにいきり勃つ。

手と同じ要領で口でも上下に扱きたいけれど、喉の奥まで咥え込むことが難しくて少ししか頭が動かせない。

できればもっと、と喉を開けようとすると、ジュリアスがリズの耳を指でくすぐってきた。

「無理しないで。それだけでも十分気持ちがいいから」

カリの部分を扱くだけでも気持ちがいいらしい。

ならばと、リズは懸命にそこを攻めた。

唇で扱いたり、舌先でくすぐったり、同時に竿《さお》を手で扱いたりと、いつもジュリアスがあらゆる手を使ってリズを気持ちよくしてくれるように、リズもまたそれを可愛がる。

「……はぅ……ふぅ……ンん……ぁ……ぅふ……」

「ここから見ると、凄く卑猥。君にも見せてあげたいよ」

目元を赤く染めて妖艶に微笑むジュリアスこそ卑猥だ。

自分で分かっているのだろうか。

さらに彼を乱れさせたくて、はしたなくなってほしい。

どこまでそれを叶えることができるか分からないけれどと、口と手を動かし続けた。

「リズ、もういいよ」

「……でも」

ちゃんと気持ちよくさせたいのにと上目で見つめると、ジュリアスはリズの頭を撫でてきた。

「久しぶりに君に触れているんだ。俺としては君の中で果てたい」

腕を引っ張られその勢いで立つと、ジュリアスはリズのスカートを捲ってくる。

性急に中の下着を取り攫い、両腕を自分の首に回すように導いてきた。

「ちゃんと掴まっていてね」

そう告げると、リズの片脚を大きく開き、唾液で濡れた屹立を秘所に押し当てた。

蜜で濡れているそこは簡単に穂先を受け入れ、奥へと呑み込んでいく。

ある程度まで潜り込ませると、あろうことかジュリアスはもう片方の脚も持ち上げてきた。

「……え？　……あ、うそ……ひっ……あぅっ！」

自分の体重がそこに一気にかかり、これまで届いたことのないところまで肉棒が突き刺さってきた。

その衝撃で息を詰め、上手く呼吸ができなくて小さく喘ぐ。

これまでの比ではないくらい圧迫感が凄い。

リズは思わずきゅう……と中で屹立を締め付けた。

「ちゃんと咥え込めて偉いよ」

腰をしっかりと掴み、上下に揺さぶってくる。

子宮口が押し上げられて突き破られそうで怖い。

それなのに、竿の部分が膣壁を擦るたびに気持ちよくなるし、最奥を突かれるたびに快楽が背中を駆けあがっていった。

「……あっ……ひぁ……なに、これぇ……あっ……あぁ……っ」

「凄い締め付け。久しぶりだからか、それともこの体位が好きなのかな?」

嬉しそうに笑うジュリアスは、さらに強く揺さぶってくる。

思わず背中をそり、目の前が明滅する。

落ちないように必死に首にしがみ付いているせいもあるのだろう。逃げ場がなくて、下から突き上げてくる衝撃をすべて受け取ってしまっている。

リズは全身を震わせながら果てた。

ジュリアスはぐったりとするリズをソファーまで連れて行き、抱えたままそこに腰を下ろす。

ソファーの上で対面する形で座ることになり、リズは彼の胸にくたりと身体を預けた。

「リズ、今度は君が動いて」

──俺を気持ちよくしてよ。

耳元で囁かれ、リズはそろりと顔を上げる。

「さっきの続きだよ。君の中で気持ちよくさせて」

そう言われ、動きやすいように彼の肩に手をかけて、両脚に力を入れる。

身体を上下に動かして、屹立を肉壁で扱いた。

「……ぁ……あぁ……はン……あっあっ……ジュリアス様……好き……」

想いが思わず言葉になって溢れる。

「……貴方がいなくて……はぁ……あぁ……寂しくて……っ……つらか……た……んっ」

「俺も君が隣にいない生活は辛かった。何度すべて打ち明けて側にいてと言おうと思ったことか」

同じ気持ちでいてくれたことが嬉しい。

好き、好き、とうわごとのように何度も口にして、感情の高揚に合わせて身体も大胆に動かした。

はだけた服からまろび出た胸が大きく揺れるほどに上下し、震える媚肉で屹立を締め付ける。

「……もう離れたくない」

「離してと言われても離すつもりはない」

こうやっていつまでも繋がっていよう。

ジュリアスが囁きキスをしてくれた。

舌を絡ませ、互いを貪り合う。

中でジュリアスが果てたのと同時にリズもまた絶頂を迎える。

快楽に浸りながらも、なかなかキスをやめることができない。

「……リズ……もうすぐにでも結婚しよう。俺には無理だ……これ以上離れているのは。君もそうだろう？」

きっとこれも魔道具のせいだ。副作用というものかもしれない。

「もちろんです」

何をしても離れられないという幸せを教え込まされてしまったのだから。

終章

「……しかし驚いたな。まさかこんなに早く結婚式を挙げるとはな」

「貴方の王位継承が決まりましたからね。早くしないとタイミングを逃しますから。何せ、これからすることがたくさんあって」

ジュリアスは大変そうだなぁと暢気《のんき》に笑っていると、ヒューゴは対照的に呆れたように溜息を吐いた。

「そうだな。議会メンバーの総入れ替えに各省庁の人事、エリーアスのもとで好き勝手に違反していた貴族たちの逮捕と目白押しだ」

「腕がなりますね。貴方に王位を明け渡す前にすべて綺麗にしておきたいと両陛下の願いですので、どうにか叶えてあげたいものです」

王はもう長くは生きられないだろう。

そう聞いたのは、あの一件があった直後のことだった。

病状が思わしくないと聞いていたが、まさかここまで進行していたとは思わず、さしものジユリアスも動揺してしまった。

　自分が病に臥せってから、信頼して任せていたジュリアスの父親が汚職を働き、政治を腐らせた。

　それをどうにか止めようとしたが、エリーアスの祖父とジュリアスの父、そしてその周りが王が動くのを押しとどめて好き勝手にしていた。

　その無念をどうにか晴らしてあげたかったと王妃が思っていても不思議ではない。

　エリーアスも母親と一緒に城を追われ、正式に逮捕状が出て処罰を待つ身になるだろう。

「それにしてもリズが辞めてしまうのは惜しいな。このまま私の側近として側に置いておきたいところだが……」

「リズも中途半端なことはしたくない、屋敷を取り仕切るといっていますからね。彼女の意思を尊重しての判断です」

　あのまま仕事を続けたいと言うと思いきや、リズはそれを望まなかった。

『公爵家のお屋敷を取り仕切るなんて片手間ではできませんよ。それに私が能力を発揮できる場所であることは変わりないでしょうから』

　これからもヒューゴのもとで働くと言われたら、どうしようかと考えていたところだ。

　本人たちはそんなつもりは微塵もなくとも、エリーアスがふたりの仲を勘繰ったぐらいだ。はたから見ると、そう勘違いされるほどの距離で働いているのだろう。

そう思うと、嫉妬がこの心を支配する。

いつどこでヒューゴがリズの魅力に気付き、惹かれるか分かったものではない。

万が一のことも考え、リズが仕事を続ける場合はジュリアスの側近として置けるように配置転換も頭の中にあった。

「リズは俺の妻です。他の男の目にむやみに触れるようなことは極力控えさせなければ」

「思っている以上に重い男だな、お前は」

「重いですよ。今だって、俺以外の人間がリズの花嫁衣裳《いしょう》姿を見ていると思うとはらわたが煮えくり返る思いです」

「結婚式前に花嫁姿を見たら縁起が悪いだろうが。それに、見ているのは全員女性だ」

「性別なんて関係ありません。俺だけが見られればいいし、そんなジンクスなんかどうでもいいのですけれどもね」

でも、リズがそれを大切にしているから我慢する。

もちろん、その分リズには甘えることになるだろうが。

「……あぁ……離れている時間が辛い」

「結婚式が終われば、毎日一緒にいられるだろう」

「やっぱり、あの魔道具をもう一度使おうかな。ずっと離れられない、あの時間が理想的でした」

「……おい」

我慢できなくなったら使ってしまおうかといつも頭の隅で考えていた。

「怖い話をしてもいいですか？」

「……正直話を聞きたくないが話してみろ」

顔を顰めながらも聞いてくれるという彼の厚意に甘えて、ジュリアスは心の内を話す。

「本当はすべてが終わったら、父を俺や母にしたように誰もいない小屋に食事も与えず三日間繋ぎとめて、死なない程度に首を斬って治療して、虫の息になったたまましばらく生かしておこうと決めていたんです。同じ苦しみを味わわせようと」

ヒューゴの引いた顔が目の前にあったが、ジュリアスは構わず話し続けた。

「でも、やめました。だって、それをしている間はほんの少しでも父のことが頭を過ってしまうでしょう？　できることなら、この頭はリズのためだけに使いたい」

父もエリーアスと同じように、のちに処罰が下されるだろう。ジュリアスはもう、自ら手を下すのではなく流れに任せることにした。

父はいつ死ぬのか、どれほど苦しんで生きているのか。

リズと一緒にいる間にそんなことを考えたくない。彼女だけを想っていたい。

ホワイトベージュの髪の毛が自分と同じ香りであることに悦びを覚える。

彼女の紫の瞳が、ジュリアス以外のものを映すのだって嫌だと思ってしまう。

リズの真っ直ぐさが他人に向かうのも、優しさが降り注ぐのも我慢ならない。

彼女の良さを知っているのは自分だけでいい。

ぬくもりを知っているのも、はしたない顔も、中の熱さも他人が知るようものならそいつを殺してしまうだろう。

こんなに面倒くさくて重い人間の、人生の責任の半分を背負うと言ってくれたリズ。

助けたいと願ってくれるリズ。

どんな顔をしてどんな言葉をくれて、どんな行動をしてくれるのか、ジュリアスに期待を持たせてくれるリズ。

彼女を人生の伴侶にできる自分は恵まれている。

神の前で永遠の愛を誓えるジュリアスは、きっと世界一幸せ者だろう。

花嫁衣裳を身にまとったリズを見て、己の幸運を噛み締める。

「ジュリアス様」

近づいてくるリズの手を取り、ジュリアスは喜びの笑みを浮かべた。

あとがき

こんにちは、ちろりんです。「天敵の美貌宰相と強制密着!?　不本意なのに溺愛されています」をお読みくださりありがとうございます！

長髪＋眼鏡＋美形＋腹黒＝最高ということでね！　結構好き勝手に書かせていただきました。

結構こういうヒーローが大好きで、ヒロインを振り回しながらも結局ヒロインに弱いっていうのが大好物です。書きながら「うまっ！　うまっ！」となっていました。

同時に好きだからこそ書くのが難しくて、頭を悩ませたお話でもあります。

旭炬先生のジュリアスが妖艶で！　リズが可愛らしくて！　ますます興奮が高まりました！

本当にありがとうございます！　どのシーンのイラストも大好きなのですが、ジュリアスがリズの髪の毛を手入れしているふたりが可愛らしくてニコニコしてしまいました。

キャラを褒めてくださった担当編集様、ありがとうございます。これでよかったんだ……と自信に繋がりました。

それではまたどこかでお会いできますように。ありったけの感謝を込めて。

ちろりん

蜜猫 Mitsuneko Label F

蜜猫Ｆ文庫をお買い上げいただきありがとうございます。
この作品を読んでのご意見・ご感想をお聞かせください。
あて先は下記の通りです。

〒102-0075 東京都千代田区三番町８番地１三番町東急ビル 6F
（株）竹書房　蜜猫Ｆ文庫編集部
ちろりん先生 / 旭炬先生

天敵の美貌宰相と強制密着!?
不本意なのに溺愛されています

2025年3月29日　初版第1刷発行

著　者　ちろりん　
発行所　株式会社竹書房
〒102-0075
東京都千代田区三番町８番地１三番町東急ビル 6F
email : info@takeshobo.co.jp
https://www.takeshobo.co.jp
デザイン　antenna
印刷所　中央精版印刷株式会社